藝文采風

臺灣客家民間喜感故事精編

張莉涓　編著

吳序

近年來，經由客家委員會與財團法人客家公共傳播基金會的鼎力提倡與推廣補助，「客家文化」儼然成為熱門顯學，無論是臺灣客家語文、文學、社會文化、政治經濟、建築、文化創意設計等層面，均呈顯相當不錯的成績。

客家民間故事在臺灣的文本輯錄，自一九五三年迄今，總計已超過一千則，數量十分可觀。在鄉野間傳述民間故事，是早期客家農民群眾休閒時光的娛樂活動之一，是民眾集體智慧和創造力的藝術結晶，以及審美意識的集中表現。上述目前輯錄的上千則民間故事，其中富含強烈的「喜感」風格與藝術特色者，超過三百則。本書編著者通過文獻整理，從三百則以上的喜感故事裡，精選出六十則，加以剪裁、錘鍊、譯註，對於臺灣客家民間故事，以及客家民風土俗、諧趣精神的推廣與傳承，頗具參考價值。

本書原為編著者一一一年上學期於國立臺中科技大學通識教育中心所開設博雅通識「臺灣客家詼諧故事」編纂的課程教材，經過一學期的教學實踐，加以增補修訂，擴大編寫，而成為方便學生與社會群眾閱讀的通俗化著作。筆者通讀全書，認為有下列特色：

一　「客語」和「華語」雙語表述

為了體貼讀者能不受語言限制，即使毫無任何客語基礎，也能對於故事有初步理解，而以「客語」和「華語」雙語方式表現，從而感受作者對於客家文化推廣與傳承的深刻想望。

二　生動流暢的故事敘述

作者出身於苗栗客家，對於客語文化的感知、理解與掌握，於另一專著《苗栗客家山歌研究——以頭份市、造橋鄉、頭屋鄉、公館鄉為例》（臺北：萬卷樓圖書公司，2022年8月初版）一書，已精準展現。本書則是在前書基礎上，更進一步將各縣市採錄的故事，以保留客語實際詞彙、語法結構為原則，加工與提煉而成完整篇章。故事經過審慎的鑑別，精粹的整理，充分保留民間故事原貌，敘述尤其生動流暢，可讀性高。

三　諧趣誇張，時而顛覆傳統的客家精神體現

臺灣客家喜感故事，內容保存著濃郁的民俗文化特徵，深厚的心理性格積澱，可說是客家社會文化的鏡像反映，蘊含客家族群的精神風貌、風俗習慣、思維特質，與審美情趣、價值觀念等豐富內容，從中有助於把握客家社會概貌。例如客家族群向以「勤儉」為美德，民間故事裡卻將以幽默化和誇張化，在〈血統純正的吝嗇兒子〉故事裡，紀錄父親臨終時，以兒子們辦理後事的優劣方式決定遺產的分配，最後以小兒子獲勝，理由是「他要將爸爸身上的肉切割成塊，拿去豬肉攤賣，不僅不須花錢，還有錢可以賺，大獲父親好評，讚賞果真得真傳，是血統純正的兒子！」如此誇張的情節，未免過於刻薄寡情，不近情理，卻能反映客家族群的勤儉天性。而機智才女故事中，經常透過對詩，強調「女勝於男」，化消「女子無才便是德」的傳統框架，製造喜感的效果。例如〈亞古嫂拿飯匙賠貓〉，敘述一位名叫「雙頭蛇」的財主，由於覬覦李亞古妻子的美貌，故意打死自己的花貓，嫁禍給李亞古：「我的貓是寶貓，地下叫一聲，老鼠走上棚；棚

上叫一聲，老鼠就入甕。番人來取寶，出銀三千三。明天我到你家拿錢，如果沒錢，將妻子來抵債。」李亞古妻子便趁雙頭蛇來取錢時，將計就計，邀他吃中飯，故意將飯匙動手腳，雙頭蛇一用即斷，亞古嫂以飯匙比貓更值錢，互相抵消：「我的飯匙是寶匙，下鍋攪一攪，出飯又出粥；上鍋攪出魚和肉。番人來取寶，足足出三萬六。明日我到貴府取，否則官府見。」通過對詩，對比出雙頭蛇的貪婪可笑，與亞古嫂的機敏才智。既生動形象，又詼諧有趣，閱讀客語版，更淋漓盡致地展現口頭語言特色與表達力量。

四　統一客語用字標準與記音規則，並於當頁附註解說

原始故事中的客語用字標準與記音規則，採錄時間先後與所屬地域有別，依「教育部臺灣客家語常用字辭典」的四縣腔修訂統一，並於當頁附註解說，以利讀者能精準掌握故事的細節、要義與旨趣。

五　結語

民間文學作為一種精神文化產品，是民眾生活獨特而又忠實的伴侶，也是民眾生活的教科書，具有傳授知識、道德教化的功能。本書經過審慎整理寫定，忠實記錄，精粹遴選，不擅做更改，已為客家民間故事的傳承，奠定紮實深厚的學術基礎。本書不但為作家創作提供新的素材和原料，也將為客家民間文學的傳承，客家文化的學習，引起新的滾滾熱潮。本書的行世久遠，是肯定可以預卜的。

吳福助
東海大學中國文學系退休教授

林序　展讀人情眾貌和語言文化的趣味與風華

民間故事是最貼近傳統生活文化，也是能夠對應地方環境與民眾遭遇的敘事文學，在眾多悲歡離合、人情應對與模擬、想像、盼望之中，不僅反應著許多社會現象與價值觀，也具有影響群體的力量；不只傳達道德與知識，也經常表現趣味，成為生活的調劑。所以，來自民間的「喜感故事」表面上是以脫序、誇大、滑稽、機智、出乎意料的人物言行與應事態度，讓人感到有趣，甚至是捧腹大笑，卻也往往隱藏著說理、諷刺、苦悶、夢想等種種不同的意義，對應著社會文化與族群、時代心聲。

從智鬥縣官的才女、傻人有傻福的女婿、忍屁的新娘、喜歡作弄別人卻常自作自受的搗蛋鬼到變成蟾蜍的皇帝，由於這類故事通常有著貼近生活的文辭、形象鮮明的人物、詼諧有趣與經常出乎意料的情節，因而對於廣大民眾具有吸引力與影響力，若是加以整編，也將適合現代親子共讀，成為傳遞傳統文化、群體認同、語言風格的重要媒材。特別是臺灣客家民間喜感故事，不但包含許多日常生活習俗、生命儀節、風俗事故的描繪，更有許多凝聚生活經驗的口頭語、諺語、歌謠，可以說是豐富的語言資產、文化寶藏，而透過學術界與地方文史工作者、熱心文藝推動者多年來的努力，已採集、累積到可觀的文本，具有統整推廣的價值。

張莉涓博士來自傳統客家庄，既有長期浸染的文化涵養，又受過專業的學術訓練，更有推展文學與藝術、重視文化傳承的熱情與活動力。近年更在國立臺中科技大學開設「臺灣客家歌謠與鄉土文化」、「臺灣客家詼諧故事」課程，廣受好評。而在完成《苗栗客家山歌研究——以頭份市、造橋鄉、頭屋鄉、公館鄉為例》之後，隨即就繼續進行《臺灣客家民間喜感故事精編》的編纂工作，從各縣市民間故事集與文史叢刊中，先行精選六十則臺灣客家喜感故事，透過「客語」及「華語」雙語方式呈現，既可成為充分明瞭「客語」文化之美的媒材，沒有客語基礎的讀者，也可以透過「華語」閱讀故事，領略其豐富的文化意涵。尤其是細緻的語文校訂及附註解說，將使讀者更容易掌握故事語境、體會人情與思想，從而感受語言與情節的趣味、明瞭多方面的文化風貌與意涵。不但可以作為推廣閱讀的文本，也可以作為各種客家語言與文化班隊的教材。因此，相信這本書的出版，將是播撒文化種子，必得花香滿園，值得深切期待。

林仁昱
國立中興大學中國文學系教授

彭序

本書篩揀三百篇以上的客家民間故事資料，整理精選出六十則喜感故事，分為「喜感人物故事」二十九篇；「娛人笑話」十八篇及各種「狂想故事」十三篇等三大類。每則故事以「客語」及「華語」對照呈現，即使沒有客語基礎，也能透過華語閱讀，進入故事語境，感受客家文化之美。編者將原始故事中的客語字句與情節，加以斟酌損益，錘鍊潤飾，使之更加流暢易讀。

民間故事可以隨口講述，重視通俗性和娛樂性，是庶民宣洩情緒的重要形式。故事裡的時間與地點雖然十分模糊，但內容均取材於現實生活，通過講述者想像與虛構的手法，建構出充滿趣味性的片段，表現了對話的通俗傳神、佈局的巧妙靈活以及技法的詼諧幽默等藝術特色。本書的喜感故事，富含詼諧性與喜劇性，民眾藉此娛樂身心，也同時揭示與嘲謔社會現象，因此具有積極的反思與教育意義。

觀照全書故事，可深刻體認客家族群的集體意識與文化精神。本書讓客家讀者能輕易融入族群的精神領域，也可讓非客家讀者快速領會客家本色的底蘊。相信本書的問世，應能引發讀對喜感故事的重視，因而傳播推廣，讓更多世人感受客家本質與文化意蘊。

彭維杰

教育部「臺灣客家常用詞辭典」編輯委員

國立彰化師範大學國文學系兼任副教授

自序

民間故事是最通俗的藝術形式，同時它也是一個國家或民族的靈魂。[1]

——〔意〕伊・卡爾維諾

說故事與聽故事，是遍及世界各個角落的文學娛樂活動。許多精彩動人的故事，伴隨無數人度過歡樂無憂的童年，在心靈烙下終生難忘的溫暖印記。時至今日，口頭講述故事的活動，仍有增進人與人交流互動的神奇魅力。

這本書稿的前身，是編寫給自己與孩子閱讀的客語故事文稿。在一個火傘高張的炎夏午後，一個活潑可愛又精力旺盛的小生命，翩然來到我的身旁。此後，說故事與聽故事，成為我們生活中最重要和最甜蜜的親子活動。然而，目前坊間以客語為故事載體，又適合親子共讀者，屈指可數。於是，便從手邊掌握的文獻裡，披沙揀金，挑選出最具魅力、詼諧喜感、新奇有趣，適合親子共讀的作品，再以我所熟悉的四縣客語，以保留原汁原味、通俗傳神又兼具豐富的視覺、聽覺效果的客家口頭語、俗諺為原則，斟酌損益而成完整故事。其後，繼續擴大編寫，成為一一一學年度上學期於國立臺中科技大學通識教育中心所開設博雅通識「臺灣客家詼諧故事」的課程教材。經過一學期的教學實踐，持續增補與修訂，而成本書面貌。

1 轉引自劉守華：《故事學綱要（修訂本）》（武漢：華中師範大學出版社，2006年9月），頁3。

本書能順利付梓，承蒙多位師長、親友與家人的關垂，銘感心懷。首先要感謝胡萬川老師，餽贈諸多各縣市的民間文學調查成果，點燃我整理與深入探索客家民間故事的契機與熱忱。感謝林淑貞老師於「詼諧文學」課程中所提供的學術滋養，當年沉浸於一則又一則的幽默文學裡，感到無限暢快愉悅，曾天馬行空幻想著日後編纂「客家喜感故事」的可能，而今歡喜成真。感謝彭維杰老師對本書的詳細審視與推薦，並提供諸多寫作上的專業建議，使本書更具閱讀價值。感謝林仁昱老師，每當我心頭閃現任何客家主題的寫作念想，總是給予最大支持與鼓舞，即使在教學與研究上忙碌辛勞，依舊欣然為我撰寫推薦，深切地道出我對客家文化傳承的滿腔熱情與實踐精神，無限珍視。感謝吳福助教授的大力推薦，並以其淵博的學識與無私的熱誠，帶給我許多寶貴的寫作啟迪；在我山窮水盡之際，指引迷航，也正由於老師的鼓勵與督促，增強我完成本書的信心。感謝萬卷樓出版公司梁錦興總經理、總編輯張晏瑞先生、責任編輯林婉菁小姐與所有編輯團隊的鼎力協助，讓本書的出版作業能更加順暢完善。

編寫本書過程中，特別感謝裕琮和裕翔，數年前我正焦頭爛額地照料新生兒的日常生活起居時，雪中送炭，協助整理文獻；感謝純惠的客語交流，能和妳一起傳承母語文化，意義非凡；感謝素鈴姊與雅之姊的暖心陪伴與鼓勵。感謝竫齡老師「深耕專業」的理念傳承，一生受用無窮；感謝我的父親張盛振先生與母親陳香妹女士，擔任我的活字典，解答諸多客語的發音與疑難，期望在我們的共同努力下，能使客語版故事更加流暢靈活。故事裡，每一位登場的人物、每一段對話與場景，彷彿都能在成長歲月中，找到相對應的人事物，完美地契合，讓人感到格外的熟悉與親切。感謝外子亮傑為我處理電腦大小事，感謝小兒秉峰當我最忠實的聽眾，你是我的寫作初衷，也是最大的寫作動力來源，能說故事給你聽，是最幸福的事。

感謝鄭美惠老師於教學上的提攜與照顧，在老師的鼓勵下，筆者於國立臺中科技大學通識教育中心申請開設「臺灣客家詼諧故事」博雅通識課程，經審查後通過，於一一一學年度上學期正式授課，在此一併致謝。感謝所有修習「臺灣客家詼諧故事」課程的同學，雖然你們多半來自不同族群與國籍，課堂上以「頭擺、頭擺」為開端，一則又一則悅耳動聽的客語故事朗讀聲，與積極豐盈的正向回饋，是最溫暖的教學憑藉，也讓我在傳承「客家文學與文化」這條路上，走得更具價值與意義。

期盼本書的出版，能成為老少娛悅心靈之資，對於臺灣客家民間喜感故事與民俗風情、諧趣精神的推廣與傳承，亦能有補綴之功。

張莉涓

癸卯年（2023）仲夏 謹誌於臺中夢蝶齋

凡例

一、本書之集成，係從各縣市客語故事集與文史叢書精選出六十則具有喜感成分的故事，以保留客語實際詞彙、語法結構為原則，斟酌損益而成完整篇章。

二、每一篇皆有標題、客語原文、註解、華語譯文四個項目。

三、本書紀錄實際四縣客語的使用現象，故事中語音、詞彙、語意特殊之處，以當頁註解方式，標示於頁面下方。

四、本書客語的用字標準與記音規則，參考「教育部臺灣客家語常用詞辭典」與「新編客家語六腔辭典」(2022年4月29日修訂)。

客語聲韻調系統表[1]

（一）聲母系統表

四縣客家話的聲母共有二十個（含零聲母），見表一：

表一　客語聲母系統表

發音方法＼發音部位		雙唇	唇齒	舌尖前	舌尖	舌尖面	舌根	其他
塞　音	不送氣	b（ㄅ）			d（ㄉ）		g（ㄍ）	
	送氣	p（ㄆ）			t（ㄊ）		k（ㄎ）	
塞擦音	不送氣			z（ㄗ）		j（ㄐ）		
	送氣			c（ㄘ）		q（ㄑ）		
鼻　音	濁	m（ㄇ）			n（ㄋ）		ng	
邊　音	濁				l（ㄌ）			
擦　音	清		f（ㄈ）	s（ㄙ）		x（ㄒ）	h（ㄏ）	
	濁		v					
喉								ø

說明

1.〔b-〕、〔p-〕、〔m-〕：發音部位為雙唇。〔b-〕、〔p-〕為清塞音，前者不送氣，後者送氣，〔m-〕是鼻音。

2.〔f-〕、〔v-〕：發音部位均為上齒與下唇。二者皆擦音，前清後濁。

---

1 本書四縣客語聲韻調系統表編列方式，可參考筆者：《苗栗客家山歌研究——以頭份市、造橋鄉、頭屋鄉、公館鄉為例》（臺北：萬卷樓圖書公司，2022年8月），頁16-23。

3.〔z-〕、〔c-〕、〔s-〕：發音部位為上齒齦與舌尖前。〔z-〕、〔c-〕均為塞擦音，前者不送氣，後者送氣。〔s-〕是擦音。四縣客語〔z-〕、〔c-〕、〔s-〕後接介音〔i-〕時，受介面元音〔i-〕影響，顎化為舌面音〔j-〕、〔q-〕、〔x〕，為求記音便利，本文記為〔j-〕、〔q-〕、〔x-〕，如精 jin´、清 qin´、新 xin´。
4.〔d-〕、〔t-〕、〔n-〕、〔l-〕：發音部位為上齒齦與舌尖。〔d-〕、〔t-〕都是清塞音，前者不送氣，後者送氣。〔n-〕為鼻音，〔l-〕為邊音。
5.〔g-〕、〔k-〕、〔ng-〕、〔h-〕：發音部位為軟顎與舌根。〔g-〕、〔k-〕為清塞音，前者不送氣，後者送氣。〔ng-〕為鼻音。〔h-〕為擦音。
6.〔ø-〕：零聲母，代表以元音起首之音節。如一 id`、煙 ien´。

（二）韻母系統

1 元音

四縣客家話有五個舌面元音，一個舌尖元音。

（1）舌面元音：i、e、a、u、o

	前	央	後
高	i		u
中	e		o
後		a	

檢視四縣客家話主要元音分布結構，高元音〔i〕、〔u〕共同具有高舌位的特徵，中元音〔e〕、〔o〕共同具有中舌位的特徵。〔a〕會隨聲母的不同而有前中後的位置，因此歸納為「央」元音。

（2）**舌尖元音：**ii

2　韻母結構

四縣客家話，是由五個舌面元音，一個舌尖元音，三個鼻音韻尾，與三個塞音韻尾所組成。依開口呼、齊齒呼、合口呼、和開尾韻、塞音尾韻、成音節鼻音交錯組合，共可搭配出六十九個韻，詳見表二：

表二　客語韻母結構表

韻／呼	開尾韻	鼻音尾韻			塞音尾韻			成音節鼻音
		-m	-n	-ng	-b	-d	-g	
開口呼	ii，e，o，a，eu，oi，ai，au	iim，em，am	iin，on，en，an	ong，ang	iib，eb，ab	iit，od，ed，ad	og，ag	
齊齒呼	i，iu，ie，io，ia，iui，ieu，ioi，iau	im，iem，iam	in，iun，ion，ien	iung，iong，iang	ib，iab	id，iud，ied，iod	iug，iog，iag	m，n，ng
合口呼	u，ui，ua，uai		un，uan	ung，uang		ud，ued，uad	ug	

說明

1. 四縣客家話僅有開口呼、齊齒呼、合口呼，無撮口呼。北京話讀撮口呼者，四縣客家話讀為「齊齒呼」或「合口呼」。如：「捐」北京話讀 jyen，客家話唸 gian´，「屈」北京話唸 qy，客家話唸 kud`。
2. ioi 在四縣客家話只有一個字——瘏 kioi（累）。
3. 四縣客家話有三個成音節鼻音，不和任何聲母拼合，例如 「毋 mˇ」、「你 nˇ」、「魚 ngˇ」。

4. 韻尾 m、n、ng、b、d、g 俱全，且塞音韻尾與鼻音韻尾平行，如 釅 ngiamˇ 與業 ngiab 平行，面 mien 與滅 mied 平行，相 xion 與削 xiog 平行。
5. 四縣客家話部分讀 v- 之音節，例如「彎 van´」、「碗 von`」係由〔u-〕強化而來的。

（三）聲調系統

四縣客家話有六個調，調值紀錄方式有兩種，分為陰平（華語二聲）、陽平（華語三聲）、上聲（華語四聲）、去聲（華語一聲）、陰入（華語四聲）、陽入（華語四聲），如表三，本書依據「教育部臺灣客家語常用詞辭典」的記音規則，採用四聲調值紀錄：

表三　客語聲調系統表

調名	調值		例字		
陰平	24	ˊ	包 bau´	天 tien´	官 gon´
陽平	11	ˇ	圓 ienˇ	禾 voˇ	求 kiuˇ
上聲	31	ˋ	李 li`	改 goi`	賞 son`
去聲	55		汗 hon	臭 cu	唸 ngiam
陰入	2	ˋ	角 gog`	接 jiab`	骨 gud`
陽入	5		入 ngib	鑊 vog	月 ngied

目次

導言

一　民間故事的定義

民間故事，是民眾在特定民俗語境中以口頭表演形式講述並代代傳承的散文敘事作品。[1]對民間故事的定義，學術界有廣義與狹義之分。

廣義的民間故事，包括神話、傳說和狹義的民間故事三種體裁。狹義的民間故事，則專指幻想故事、生活故事、笑話和寓言等。[2]本書所整理的民間故事，以狹義的民間故事為主，兼及民間傳說，而不涉及神話。

就總體表達方式而言，民間故事與神話、傳說都屬於敘事散文體裁作品；然而，在具體的創作、流傳方式與特點上，民間故事與神話、傳說又是有所區別的：神話以原始觀念為基礎，是原始初民對遠古社會的記憶和理解，具有強烈的信仰背景和神聖性的內容，講述當下，經常帶有莊嚴的氣氛；傳說與特定的人物、事件或風物密切相關，經常將故事附著於一個實際存在的事物（如歷史名人、歷史事件、山川風物、社會風俗等），往往帶有解釋起源或特點的意圖；民間故事是人們對自己情緒的宣洩，隨時隨地都可以講述，也不把解釋性當作側重點，娛樂性和世俗性是其基本特徵。

1　段寶林：《民間文學教程（第二版）》（北京：高等教育出版社，2017年12月重印），頁65。

2　祁連休：《中國古代民間故事類型研究（卷上）》（石家莊：河北教育出版社，2007年2月），頁13。

民間故事，是以通稱的人物、廣泛的背景、虛擬的內容，表達民眾的情感或願望的散文形式的口頭文學作品。主人公大多沒有確定的名姓，冠以老大、老二、老三；大女兒、二女兒、小女兒；大女婿、二女婿、三女婿；姓楊的、姓陳的等。民間故事時間與地點的敘述十分模糊，大概與早期農業生產的緩慢的生活節奏有關，多半以「從前從前」當作故事的開始。內容均取材於現實生活，但經過大量的加工與提煉。故事的講述者通過想像與虛構的手法，將現實生活進行重新整理，建構出一則又一則充滿趣味性的片段，通過講述這些重新建構的生活片段，來表達自己的思想感情，滿足自己和群體的情感需求。

然而，民間故事分類並未如此絕對，原因是這些民間故事之間有許多並存和近似的現象，且在流傳過程中又產生不少變化。往往同一個故事，可以是傳說，又可以是生活故事，還可以是笑話。因此，分類只能是相對的，而非絕對的。民間故事的分類，主要應該是以能否反應不同民間故事的內容特質為依據。

二　民間故事的分類方法

民間故事能在世界各地廣受重視，最大功臣當屬德國的格林兄弟（Brother Grimm）。他們在一八一二至一八一四年發表《兒童和家庭故事集》後，在歐洲激起廣大回響，從此開啟民間故事科學性採集的新紀元，世界各地亦群相仿效，形成採集當地的民間故事的滾滾熱潮。

就全世界而言，現今傳世的故事資料浩如煙海，蔚為大觀。但是，並不意味著故事與情節也這麼多，往往同一個故事在不同國家、民族中都有流傳。根據一些國家的資料統計顯示，一個民族所流傳的故事，至少有三分之一以上屬於國際性或世界性的。有許多故事，在全世界或幾乎所有民族中，都能發現它們的蹤影。換言之，故事的情節類型是有限的，許多故事不過是同一故事的變體或異文而已。民間故事的類型性特點，使其分類也形成一門世界性的學問，湧現出一些著名的民間故事分類學家和各具特色的分類方法，由此也形成一種研究體系，即故事的分類學研究。

二十世紀初，北歐各國民間文學理論家開始致力於民間故事研究，形成「芬蘭學派」，即「歷史—地理學派」。一九〇七年，芬蘭學者卡爾・克倫（K. Krohn）與瑞典學者卡爾・西多（K. Sydow）、丹麥學者阿克賽爾・奧利克（A. Olrik）在赫爾辛基組織國際民間文學工作者協會（Folklore Fellows，簡稱「FF」），並於一九九〇年創辦不定期的刊物通訊《民俗學會通訊》（*Folklore Fellows Communications*，簡稱「FFC」），到二〇二三年四月止，共出版了三二六期[3]，現仍持續刊行中，其中有不少是某一國家或地區，或是國際的民間故事類型索引。

芬蘭學派的研究方法，是「地理歷史比較研究法」，他們將散見於世界各地的某一情節的各種異文蒐集整理在一起，進行比較，探尋它的「最初形式」和「最初發源國家」，力圖指出它產生的時間和流傳到各地區的先後順序和路線，並繪成地圖加以解說。他們在民間故事的情節畫分、統計分類與編纂索引方面有極大貢獻。一九一〇年，該派代表學者之一安蒂・阿爾奈（Aarne. Anitti A）在《民俗學會通訊》發表《故事類型索引》一書，針對芬蘭、北歐與歐洲一些國家所出版或保存的民間故事記錄，把同一情節的不同異文加以綜合，寫出簡潔的提要，並依一定原則將這些情節進行分類編排索引。阿爾奈的索引問世後，在歐洲各地引起熱烈反響，他的分類體系也成為民間故事情節類型編目的一個國際性模式，為各國學者競相採用，對於編排自己國家的故事情節索引提供了極大的便利。

由於阿爾奈索引主要以芬蘭與北歐國家的民間故事為基礎，有很

3 見「FF」協會官網，網址：https://www.folklorefellows.fi/，瀏覽日期：2023年6月16日。

大侷限性，針對這一情況，美國學者湯普森在一九二六至一九二七年，對阿爾奈的索引做了重要補充與修訂，並於一九二八年出版英文版《民間故事類型索引》，之後，湯普森又陸續增補修訂該索引。世界各國的民間文學研究者，為了感念與尊崇湯普森在編製索引所付出的辛勞和貢獻，就把這套分類方法稱作「阿爾奈—湯普森體系」，簡稱「AT 分類法」，即按照相對有限情節類型，將世界各地民間故事進行分類的一種國際分類法。

《民間故事類型索引》所選故事範圍，從芬蘭、北歐擴展到整個歐洲、亞洲、南美洲、澳洲等廣闊地區，並修正了故事情節提要、增加了各國資料出處，對一些流傳較廣、情節較複雜的故事類型進行進一步的分解。雖然經過多次增補，依然無法涵蓋全世界各國（如中國），關於故事範圍的界定、故事類別的畫分、以及類型的編排順序等，也有諸多不合理之處。儘管如此，仍是一部具有價值、內容全面的國際通用的檢索工具書。「AT 分類法」誕生後，半個世紀時間裡，世界各國也先後以「AT」索引體例為依據，編纂各民族自己國家的故事分類索引。

中華文化圈的民間故事千姿百態，蘊藏豐富，在二十世紀三〇年代，鍾敬文、楊成志等人已進行過編寫故事類型的嘗試。到了一九三七年，美籍德國學者艾伯華（W. Eberhard, 1901-1989）編纂《中國民間故事類型》一書，這是關於中國民間故事第一部較為完整的大型類型索引。編者從三百餘種書刊裡，近三百篇故事中，歸納出二百一十五種故事類型、三十一種笑話類型，共二百四十六種類型。此書刊行後四十年間，成為歐洲民間文藝學研究中國民間故事的唯一的類型檢索工具書。

四十年後，隨著中國各地採集的民間故事數量增加，一九七八年，美籍華人學者丁乃通出版《中國民間故事類型索引》。這部索引涵蓋的書刊多達五百餘種，包含一九六六年前中國各地的民間故事資料（包含臺灣地區一九六六年至一九七八年出版的一些文獻資料），從七千三百多篇故事中歸納出八百四十三個類型。這部書以AT索引為基礎，採用國際通用的編碼，將中國民間故事研究納入國際研究範疇，為各國學者進行跨國性故事比較研究提供莫大便利。

一九八〇年代以後，中國展開民間文學集成的編纂工作，採集成果越益豐富，金榮華即以《中國民間故事集成》出版的數卷為基礎，編寫《中國民間故事集成類型索引》。該書以AT分類為基礎，如若發現新類型，則另行新增編號，列表為〈新增類型總覽〉，置於書後。二〇〇七年，祁連休出版《中國古代民間故事類型研究》，該書近百萬字，打破AT分類法的分類體系，以凸顯中國民間故事敘述特點為分類基準，以期將古代民間故事一網打盡，盡數納入五百餘個類型之中。該書同時與艾伯華著《中國民間故事類型》、丁乃通編著《中國民間故事類型索引》進行對照，凡是與兩本書中的故事類型相關者，均逐一標明，是學術價值極高的一套工具書。

臺灣地區自一九九二年開始，經由國科會、文建會的大力提倡與支持，在各地展開科學性的民間文學的採集與整理工作。到二〇二三年止，已經結集約兩百冊，其中故事類就有將近百冊。在這期間，也整理了不少原住民的故事集。為了不在世界民間文學的研究中缺席，胡萬川於二〇〇八年出版《台灣民間故事類型（含母題索引）》，以AT編碼分類為基礎，引用書籍包括日治時期以來的文獻，尤其以作者長年以科學方法採集出版的各縣市民間故事集為主，是經過長期田野調查與理論研究，對臺灣民間故事類型的分類整理的著作。該書體例嚴謹、符號標示清楚，並附加類型說明，為臺灣民間故事類型研究奠定堅實的基礎。

值得一提的是，AT分類法雖然為國際間的故事研究提供一條渠道，但我們也深知，這只是研究方法之一，並非研究目的本身。民間故事無論在形式上或內容上，都有自己構成的內部規律。它本身既蘊含著集體規律，也有個人的因素；有古代因素，也有現實因素；有傳統因素、也有即興因素；有民族因素、也有世界性因素等。真正的民間故事研究，應該對民間故事的本質、民間故事想像的特點，語言的結構藝術及社會價值等功能進行探索和研究。[4]

三　臺灣客家民間喜感故事的分類與說明

針對民間故事的分類，目前學界比較通用的簡要分類方法，是將故事畫分為四大門類，即幻想故事、生活故事、民間笑話、民間寓言。

本書名為「臺灣客家民間喜感故事精編」，在進行分類之前，須先對「喜感」解釋說明。所謂「喜感」，指的是言語行為脫離常態，逾越規範，足以反襯人類自身的愚昧和盲點，它雖乖訛可笑，卻對聽眾或讀者無所傷害。臺灣客家民間故事中，「喜感」的成分隨處可見，舉凡滑稽幽默的機智人物故事、憨拙愚昧的傻子故事，或是結合超現實的發財夢故事、求子故事等，都充溢著民間「喜感」，所謂「詼諧文化」的生活氣息。

客家民間故事在臺灣的文本輯錄，始於一九五三年，楊時逢為研究《臺灣桃園客家方言》採集二十六則客家故事；其後周青樺在新竹

4　以上關於民間故事的定義與分類方法，詳參（1）李惠芳：《中國民間文學》（武漢：武漢大學出版社，1999年8月），頁125-129。（2）萬建中：《新編民間文學概論》（上海：上海文藝出版社，2011年5月），頁127。（3）祈連休：《中國古代民間故事類型研究（卷上）》（石家莊：河北教育出版社，2007年2月），頁13-18。（4）胡萬川：《臺灣民間故事類型（含母題索引）》（臺北：里仁書局，2008年11月），〈序〉與封底簡介。（5）劉守華：《故事學綱要（修訂本）》（武漢：華中師範大學出版社，2006年9月），頁1-12。（6）段寶林：《民間文學教程（第二版）》（北京：高等教育出版社，2017年12月重印），頁65-69。

地區採錄二十則，集結為《臺灣客家俗文學》（1971年）；一九九〇年後，各鄉鎮開始展開大規模的民間文學調查，客語民間故事亦躋身其中，如金榮華在桃竹苗地區（2000年），胡萬川在桃園地區（2000-2003年）、臺中東勢地區（1994-2003年），羅肇錦在苗栗地區（1998-2002年），劉惠萍在花蓮地區（2009年），江俊龍在臺中東勢地區（2011-2012年）等，均有整理保存之功；徐運德《客話講古三百首》（1999年）集錄大陸與臺灣地區客語故事三百篇，陳麗娜《屏東後堆客家民間故事》（2006年）集有七十八則，謝樹新在《中原文化叢書・客家掌故篇》（1-6集）與六堆、雲林西螺等各個客家鄉鎮地方志，皆可窺見客家民間故事的身影。統計上述故事總和，至少超過一千則文本，數量相當可觀。

這些前賢調查與輯錄的故事文本，蘊含喜感成分者，具三百則以上，占了臺灣客家民間故事總數的三分之一，涵攝生活故事、幻想故事、笑話等。無論是與各個社會階層人士鬥智、鬥勇、鬥嘴的機智才女、或是比賽吹牛的三位親家、為生病的老母親餵羊屎的傻兒子、一夜致富的三金伯、從石頭裡迸出十個具有特異功能的小孩、血統純正的吝嗇兒子等故事，都各自展現了鮮活的客家民俗風情與諧趣精神，更保留了大量靈活生動又道地的客家口頭語、民間熟語與歌謠，是非常重要且珍貴的客家文化寶藏。這些紛繁多呈的「喜感故事」，筆者並不將之作為一種類型，而是站在更高層次的視野，在這個視野下，我們可以統觀喜感故事的各種面向：喜感人物的市井百態、通俗客語的靈活妙用、融合幻想的發家致富、求子故事等憧憬和追求，從中觀照故事裡，客家族群的集體意識與文化精神。

因此，本書通過文獻整理，從三百篇以上的喜感故事中，精選出六十則，並分為三大類別：（一）插科打諢、吹牛誇大等不拘禮教的丑角、騙子、吝嗇鬼、傻子、算命師及顛覆「男尊女卑」傳統，展現女性聰慧的機智才女等「喜感人物故事」;(二)簡練生動又妙趣橫生的「娛人笑話」;(三)結合超現實的發財夢、求子、巧遇神異等各種「『有願則成』的狂想故事」。每一類再精選出相應的數則文本，以「客語」及「華語」雙語方式對照呈現，即使沒有客語基礎，也能透過華語閱讀，進入故事語境，感受客家文化之美；特殊客語用字與發音，則於當頁附註解說，依「教育部臺灣客家語常用字辭典」的四縣腔修訂統一；原始故事中的客語字句與情節，加以斟酌損益，錘鍊潤飾，使之更加精煉，流暢易讀。

四　臺灣客家民間喜感故事的藝術構思特色

臺灣客家喜感故事，大多情節簡單，卻以鮮明的諧謔風格與獨特的藝術特色，令人回味再三。深究其由，在於故事蘊含豐富多樣的情節結構與技法，從而增強藝術表現與感染力，使得故事在反映生活面貌、呈現庶民思想感情的同時，達到一個層次較高的藝術特色境界。常見的藝術表現如下：

(一)通俗傳神的客語對話

「對話」是描寫人物的重要手法之一，除了具有交代背景、烘托人物的作用外，更重要的是能起到展開故事情節和展示人物精神面貌、塑造人物形象的作用。如〈富人與窮人〉，敘述富人與窮人比鄰而居，富人總是盛氣凌人，對窮人炫耀自家的狗吠聲音「汪汪汪」，音近客語的「項項好」。窮人聽完不服，更輕視地回自家磨石轉動的聲音會說「騙吾膦毋識！騙吾膦毋識！」「膦」，指的是成年男陰，「騙吾膦毋識」，與石磨轉動聲音諧音，語意是說「騙我不懂！騙我不懂！」是非常鄙俗且輕視對方的說法，寥寥數筆，就將一位驕傲自滿，得意忘形的富人形貌勾勒出來，嘲諷意味頗深。

（二）巧妙靈活的情節佈局

客家「喜感」故事之所以使人解頤，在於表現出了形形色色的「不協調」。創作者在進行藝術構思時，並非遠離現實生活去虛構離奇古怪的情節，而是在現實的基礎上，將各式各樣的生活體驗與素材，進行創編與加工提煉，別出心裁地再現日常熟悉的人物、事件和場景，讓故事情節既貼近日常生活，真實可信，又新奇、巧妙，富有「喜感」的藝術魅力。例如〈和尚做法事〉，講述一位道士到喪家為亡者做法事活動，喪事場合氣氛本應嚴肅，卻因道士的識字不足，在扮演亡者過「奈何橋」時，欲向喪家斂財，卻將孝子名字「潘慶斗」，錯念成「翻筋斗」，讓人忍俊不禁，笑破肚皮。

（三）詼諧幽默的表現技法

〔奧〕西格蒙德．佛洛依德（Simund Freud）在《詼諧與潛意識的關係》一書，揭示引發快樂與笑意的起因，在於詞語的變化與關係，重點有三：其一，即是語言當中的反常對比，也就是「不協調」。其二，透過語音的多重運用或熟悉事物再現。其三，詞語遊戲下的乖謬現象[5]。這些都說明運用語詞的變化常是造成詼諧喜感的技巧之一，當中所需掌握的原則就是語言的「雙重意義」和「詞語遊戲」。譚達人《幽默與言語幽默》一書，也曾專章論述〈言語幽默的技法〉，當中所運用的技巧即是語言系統、修辭技巧、邏輯結構等變化作用[6]。由是可知，掌握語言系統、修辭技巧與邏輯結構，是詮釋喜感故事的三種取徑。

---

5 佛洛伊德（Sigmund Freud）著、彭舜等譯：《詼諧與潛意識的關係》（臺北：胡桃木文化事業公司，2007年2月），頁178-183。

6 譚達人：《幽默與言語幽默》（北京：生活．讀書．新知三聯書店，1997年8月），頁144-296。

例如〈三位生意人〉，敘述三個夥伴湊一起做生意，第一位賣瓠杓，第二位賣筆，第三位賣菅針。三位輪流叫賣時的內容，容易讓人產生混淆，形成雙關感受而發笑。三人一起經商，何以第一位賣瓠杓者，毫無生意？原來三人叫賣內容連在一起為「瓠杓，筆（必）喔，菅針（斷真）。」「筆」與「必」同音，「必」是裂開；「菅針」與「斷真」諧音，「斷真」就是果真。三人所賣物品聽起來宛如「瓠杓，裂喔，果真」，難怪生意零落了！

客家族群向以「勤儉」為美德，然而在「喜感」故事裡，偏偏要將此精神指標扭曲誇張變形，讓它諧趣化，如〈血統純正的吝嗇兒子〉，講述一位吝嗇的老人，臨終前，詢問三位兒子料理後事的方法，最儉省者，就把遺產贈與他。長子建議買薄棺葬之，次子欲買草蓆裹之葬之，都被嫌浪費；及至么兒提議將父親身上的肉割成長條狀，至豬肉攤兜售，父親才大喜，快意稱好，並說小兒果真「無走種」（血統純正），遺傳自己勤儉美德。故事以畫龍點睛的巧妙對話，將父子四人違反常理、喪失人性的本質予以揭示，如繪畫中的漫畫，三筆兩抹就將人物荒唐可笑的性格披露無遺，造成令人捧腹的強烈藝術效果。

臺灣客家民間喜感故事，是對現實生活的提煉、典型、誇張與想像，是富含詼諧性與喜劇性的故事。傳述喜感故事，不僅能娛樂身心，還能通過對醜陋事物或各種社會現象的揭示與嘲謔，表達民眾的價值取向與審美情趣，在嬉笑怒罵之後，產生積極的反思與教育意義。經由本書的問世，希冀能引發客家文化研究者與傳承者的重視，將喜感故事加以推廣、教學，讓更多的客家子孫後代，知悉這些富含美學力量的故事，領會其思想內容，感受其精神面貌與內在文化意蘊，代代相傳，永無止息。

一　喜感人物故事

避諱才女

客語 避諱个才女

頭擺，有一儕人，安到「阿狗」，討了一個當精[1]个心臼[2]。因為佢安到「阿狗」，河洛話「狗」摎「九」同音，故所佢當惱[3]別人講摎「九」同音个字。

有一日，阿狗个朋友講：「過兩日，𠊎兜[4]去若[5]屋家尞[6]，看若心臼會講『九』這個字無。」

佢講：「放心，吾[7]心臼絕對毋會講。」

無想到，這兜朋友正經[8]去阿狗屋家尞。毋過，佢早就摎厥心臼串通好，假使佢兜來了，絕對做毋得[9]講這個「九」字。

厥心臼講：「好。」

佢兜[10]一入門就講：「阿狗有在屋家無？」

厥心臼講：「有，阿叔、阿伯入來坐！」

---

1 精：音 jin´，聰明、機靈細心。

2 心臼：音 xim´ kiu´，媳婦。

3 惱：音 nau´，厭惡。

4 𠊎兜：音 ngaiˇ deu´，我們。

5 若：音 ngia´，為第二人稱「你」的所有格，意為「你的」。

6 尞：音 liau，休閒、聊天、玩耍。

7 吾：音 nga´，我的。

8 正經：音 ziin gin´，真的。

9 做毋得：音 zo mˇ ded`，不行、不可以。

10 佢兜：音 giˇdeu´，他們。

過後，對屋肚喊：「阿爸！若朋友來了！三個像遮仔[11]憑[12]在門邊，六個企到壁邊。你遽遽[13]出來啦！」

厥家官[14]霹下[15]出來講：「你看，吾心臼絕對毋會講該隻[16]『九』字啦！」

華語 避諱才女

從前，有一個人，叫做「阿狗」，娶了一個很聰明的媳婦。因為他名叫「阿狗」，閩南話「狗」和「九」同音，所以他很忌諱別人講和「九」同音的字。

有一天，阿狗的朋友說：「過兩日，我們去你家玩，看你媳婦會不會說這個『九』字。」

他說：「放心，我媳婦絕對不會說。」

沒想到，這群朋友真的跑去阿狗家玩。不過，阿狗早就和媳婦串通好，如果他們來了，絕對不能說出「九」這個字。

他媳婦說：「好。」

他們一進門就問：「阿狗有在家嗎？」

他媳婦說：「有，叔叔、伯伯進來坐！」

之後，朝向屋內喊：「爸！你朋友來了！三個像雨傘靠在門邊，六個站在牆邊。你快出來啦！」

她公公一聽到，「倏」地一聲跑出來說：「你們看，我媳婦絕對不會說出那個『九』字啦！」

---

11 遮仔：音 za´ e`，傘。

12 憑：音 ben，靠在某件東西上。

13 遽遽：音 giag` giag`，趕快、趕緊。

14 家官：音 ga´ gon´，公公。

15 霹下：音 piag` ha´，形容速度極快，從裡面衝出來的聲音。

16 該隻：音 ge zag`，那個，多指沒有生命的物體。

我夫斷非牽牛郎

客語 我夫斷非牽牛郎

頭擺，有一儕人，厥餔娘當聰明，不過佢本性不好，偷牽人家个牛仔，分人捉到，送去官府。大老爺[1]尋厥餔娘過來，問佢有影無？佢講：

一潭缸水綠油油，難洗今日面含羞；
我非天上織女星，我夫斷非牽牛郎。

佢用牛郎織女故事底肚个「牽牛郎」摎偷牽牛仔个「牽牛郎」相比，講：「假使偃毋係織女星，吾老公就一定毋係『牽牛郎』。」大老爺乜認為這種講法當巧妙，就除忒厥老公个罪刑。

1　大老爺：音 tai lo` iaˇ，舊時對於官紳的一種敬稱語。

華語 我夫斷非牽牛郎

從前，有一個人，他的妻子很聰明，可是他的本性不好，偷牽人家的牛，被人家抓到了，送進官府。縣太爺把他太太找來，問她有沒有這回事？她回答：

一潭缸水綠油油，難洗今日面含羞；
我非天上織女星，我夫斷非牽牛郎。

她用牛郎織女故事裡的「牽牛郎」，和偷牽別人牛隻的「牽牛郎」相比喻，說：「如果我不是織女星，那麼我的先生就一定不是『牽牛郎』。」縣太爺認為這種說法非常巧妙，就赦免她先生的罪刑。

娶才女

客語 討才女

頭擺，有一儕人，討到一個才女心臼，自家不知。嫁來恁久，全毋識[1]講話。做家官个心肚想，討著一個啞狗[2]，該仰結煞[3]？佢緊想愛試探，看心臼會講話無？冬節該日，就喊佢拜天公。家官行到伯公背，在樹頂伏等[4]聽。無想到，厥心臼極會講：

冬節冬天天，家家戶戶挼粄圓，
頭來保護家倌家娘添壽年；
二來保護丈夫中狀元；
三來保護豬來保護羊；
四來正保護心臼娘娘。

這下知咧，心臼無係啞狗。

1　毋識：音 mˇ siid`，不曾、從來沒有過。
2　啞狗：音 a` gieu`，對啞巴的蔑稱。
3　仰結煞：音 ngiong gad` sad`，怎麼辦？
4　伏等：音 pug den`，趴著。

華語 娶才女

從前有個人娶媳婦，娶到「才女」卻渾然不知。這位才女進門很久，卻從未說過半句話。身為公公的想，娶了一個啞巴，該怎麼辦？總想著要試探她，看會不會說話。冬至到了，叫她去拜土地公。公公就躲在土地公廟背後的樹上，趴著聽。沒想到，媳婦挺會說哩：

冬至在冬天，家家戶戶搓湯圓，
一來保佑公公、婆婆添壽年；
二來保佑丈夫中狀元；
三來保佑豬隻，保佑羊；
四來才保佑我媳婦娘娘。

公公這下子才知道，媳婦不是啞巴。

犁頭入土無兩吋

客語 犁頭入土無兩吋

頭擺，有一個老人家，因為年老孤栖[1]，想愛較遽揇[2]孫仔，倈仔正一成年就討心臼。心臼過門以後三年咧，還盲有身項[3]，老人家十分愁慮[4]。

有一日朝晨，老人家一大早就踊床[5]，洗好面就行出門前淋花，恁堵好[6]，心臼乜出來，老人家就唱山歌，暗示心臼去改嫁：

門前種條月月紅，朝朝洗面朝朝淋，
只會開花毋結果，你莫佔等吾門風！

心臼聽仔出家官个意思，大膽个回敬一首山歌。佢跈等唱：

門前有坵大坵田，細細牛仔無力耙，
犁頭入土無兩寸，禾苗仰般生仔出？

---

1 孤栖：音 gu´ xi´，孤單。
2 揇：音 nam`，抱。
3 身項：音 siin´ hong，身孕。
4 愁慮：音 seuˇ li，憂慮、煩惱。
5 踊床：音 hong congˇ，起床。
6 堵好：音 du`ho`，剛好，恰巧。

老人家分心臼一唱，佢也聽仔識厥个意思，啞口無言。過後，就毋敢埋怨自家个心臼吔。

華語 犁頭入土無兩吋

從前，有一個老人家，因年老孤單，想要早點抱孫子，所以兒子一成年，就讓他娶媳婦。媳婦入門已經三年，卻毫無妊娠消息，因此老人家十分煩惱。

有一天，老人家一大早就起床，洗完臉，走到外面家門前澆花。正好，媳婦也出來了，老人家就唱山歌，暗示媳婦改嫁：

門前種條月月紅，朝朝洗面朝朝淋，
只會開花不結果，你別佔著我門風！

媳婦聽出公公的意思，大膽回敬他一首山歌。她隨即唱：

門前有塊大坵田，小小牛兒無力耙，
犁頭入土無兩寸，禾苗如何生得出？

老人家因媳婦一唱，聽懂了媳婦的暗示，啞口無言。此後，再也不敢埋怨自己的媳婦了。

家神通外鬼

客語 家神通外鬼

頭擺，有一個舉人，去上京考試路項，暗仔，看到莊下[1]有燈火，知該有人戴[2]，就去借歇[3]。莊下个生活，暗餔頭男仔人較閒，較早睡，婦人家个事較多，無恁早睡。該舉人看到婦人家就摎佢借歇。婦人家帶佢去一隻間，緊行，喙緊噥噥唠唠[4]，念講：「斗半，兩斗半，三斗半，四斗半，你係知吾老公姓麼个，正做得在吾這歇，係揣毋出吾老公姓麼个，你就做毋得在吾這歇喔！」婦人家又念念念念[5]，念等走。

壞蹄了！這位舉人毋敢睡，筆拿出來緊畫，毋知厥老公姓麼个，不敢在該睡。畫到天光，還係畫無字。佢行出來，在廳下看到阿公婆[6]个牌仔，喔！阿公婆姓「石」，厥老公當然乜姓「石」！「斗半，兩斗半，三斗半，四斗半，合起來堵好『一石』。」佢就走去同婦人家講：「偃知咧，若老公姓『石』啦！」

婦人家講：「你一暗晡畫忒偃一領蓆，就毋知吾老公姓麼个，看了吾屋家阿公婆个牌仔正知，吾个係『家神通外鬼』啦！」

阿公婆就係家神，結果這個舉人還係分這當才个婦人家消遣哩！

1　莊下：音 zong´ ha，鄉下。

2　戴：音 dai，居住。

3　歇：音 hied`，住宿、休息。

4　噥噥唠唠：音 nungˇ nungˇ nung nung，形容一個人嘟嘟囔囔、喃喃不停說話的樣子。

5　念念念念：音 ngiamˇngiamˇ ngiam ngiam，同「噥噥唠唠」，喃喃自語之意。

6　阿公婆：音 a´ gung´ poˇ，歷代祖先。

華語 家神通外鬼

從前，有一個舉人，上京赴考的途中，天色已暗，看到村莊有燈火，知道有住家，就去借宿。農莊的生活，到了晚上，往往當先生的比較閒，較早睡，婦人家的家事比較多，無法早睡。這個舉人向一位農婦借宿，婦人家帶他去一個房間，她一邊走，一邊嘮嘮叨叨地對他說：「斗半，兩斗半，三斗半，四斗半，假如你猜得出來我的先生姓什麼，才可以在我這裡借宿。若猜不出來我先生姓什麼，就不能在我這裡借宿。」婦人家要離開時，又呢呢噥噥，自言自語，把那些話再說一遍。

糟糕了，那位舉人不敢睡，拿出筆來不停地畫著，沒猜出她老公姓什麼，不敢闔眼睡覺。直到第二天早上，他還是沒有猜出答案。只好走出房門到處逛逛，走到客廳看到祖先的牌位，才恍然大悟，哎喲！祖先姓「石」，她的先生當然也姓「石」囉！「斗半，兩斗半，三斗半，四斗半」合起來正好是「一石」。她就去和婦人家說：「我知道了，你先生姓『石』啦！」

她說：「你整晚畫壞了我一件蓆子，都還不知道我先生姓什麼，看了我們家祖先牌位才知道，我這兒是『家神通外鬼』啊！」

祖先就是家神，最終舉人還是被聰明的婦人消遣了一番。

鴨四妹智鬥縣官

客語 鴨四妹智鬥縣官

鴨四妹本成[1]畜鴨仔，屋家有一隻金鴨嫲，食穀就屙[2]銀，食米就屙金。鴨四妹个阿爸摎佢講：「你平常盡煞猛，這隻金鴨嫲分你做嫁妝。」這隻金鴨嫲雖然做得屙金屙銀，毋過一擺屙無幾多，但係會屙，積少也會成多。

日仔久了以後，莊中人就知佢有金鴨嫲，會屙金屙銀。共莊有一個員外，三番兩次想摎佢買該隻金鴨嫲，講當久了就係講毋會成。

有一擺，鴨四妹个老公扐[3]一粒當靚个石頭轉來，佢問老公：「這係去哪扐个？」厥老公講：「偃係摎想同偲買金鴨嫲个員外厥山仔扐个。該搭[4]山仔石頭漏簸，地無平，滿哪仔都係烏溚溚仔[5]个石頭，偃看佢圓圓又恁靚，就摎佢扐轉來。」鴨四妹問：「像恁樣个石頭還有幾多？」佢講：「滿山看起來一多，大大細細就有。」鴨四妹無講石頭係麼个，喊厥老公下二擺[6]加減多扛兜仔轉來。

有一日，員外又想來買金鴨嫲，鴨四妹同員外講：「金鴨嫲賣你做得，毋過偲愛條件交換。吾這隻金鴨嫲，食穀就會屙銀，食米就會

1　本成：音 bun` sangˇ，原來、起初。

2　痾：音 o´，排泄。

3　扐：音 led，用兩手或繩子、皮帶等纏繞物體而用力拉緊；引申為用手緊緊環抱。

4　該搭：音 ge dab，指那個地方或那裡。

5　烏溚溚仔：音 vu´ dab dab e`，黑漆漆，形容非常黑的樣子。

6　下二擺：ha ngi bai`，下一次。

屙金，一埕金仔價值當多，故所吾金鴨嫲當值錢。金鴨嫲係賣你，偃這兜愛靠麼个生活？若該搭山仔來交換，若山仔分偃，吾金鴨嫲分你，大家契約[7]寫等。」員外想，該搭山仔石頭漏竅，種食毋得，分佢無相干，就答應鴨四妹个條件。

員外摎金鴨嫲捉轉去過後，正經有屙金屙銀。毋過佢忒貪心，想愛金鴨嫲屙較多，就緊飼[8]鴨嫲食東西，結果食忒飽仔，結个金銀忒大埕，緊來緊破病[9]，嗄死忒了。

山仔變做鴨四妹个，開始做得自由出入，原來該兜烏石頭，全部係烏金。佢就在山項開一間工廠，同烏金整理整理，出產賣烏金，變到當有錢。

壞蹄了，員外知著這件事情，試著[10]自家恁戇，金山摎人換金鴨嫲，這下金鴨嫲又死忒了，心肝當毋甘願，想愛摎山仔討轉來，就去告鴨四妹个家官。員外屋家當有錢，先用錢買通縣官。

縣官問鴨四妹个家官：「你仰佔別人个山仔？」

厥家官講：「偃哪有佔厥山仔，大家契約寫好，山仔摎金鴨嫲交換，係佢忒貪心，分鴨嫲食忒多，金鴨嫲正會死忒。」

縣官講：「係你毋錯，山仔恁大，又專門出烏金。」縣官分員外買通，盡講員外該方个話。

厥家官講：「當前賣，佢係知山仔出烏金，哪會肯摎偃換？佢本成無知，正會肯摎偃換，契約寫好好，大家甘願歡喜，偃無霸佔厥山仔。」

---

7 契約：音 kie iog`，雙方同意的事項，依據法律習慣，彼此商訂互相遵守的條件，而以文字書寫的憑據。

8 飼：音 cii，餵。

9 破病：音 po piang，生病。

10 試著：音 cii do`，感覺。

縣官又刁啄[11]佢講：「你喊若心臼三日內，織一埕布仔，像臺灣頭透到臺灣尾恁長个布仔來交換，恁樣，佢就放你過。」

家官轉到屋家，心肝當愁，恁長个布仔愛仰般織？愁到食無落飯。鴨四妹同厥家官講：「你莫愁，侄會教你仰般去回縣官个消息。」

第三日，縣官問家官：「布仔有拿來無？」

家官照厥心臼教佢講：「你愛先去量看路有幾長，吾心臼正知愛織幾長个布仔。」

縣官講：「路恁長侄愛仰仔量？你恁狡怪[12]，天光日你牽一條水牛牯，掛胎仔[13]來。」

家官轉去同心臼講縣官个吩咐，鴨四妹講：「毋怕，毋怕，天光日[14]換侄去回話。」

第二日，縣官問鴨四妹：「若家官仰無來？」

鴨四妹講：「吾家官在屋家做月。」

縣官講：「聽你在畫虎膦[15]，哪有男仔人會做月？」

鴨四妹講：「你講男仔人毋會做月，該水牛牯仰會掛胎？」

縣官無話好講，案仔就恁樣結束。

11　刁琢：音 diau´ dog`，刁難。

12　狡怪：音 gau` guai，作怪、玩把戲、耍詭計。

13　水牛牯掛胎：音 sui` ngiuˇ gu` gua toi´，懷孕的公牛。

14　天光日：音 tien´ gong´ ngid`，明天。

15　畫虎膦：音 fa fu` lin`，（粗俗語）瞎掰、吹牛。

華語 鴨四妹智鬥縣官

鴨四妹本是養鴨人家，娘家有一隻金母鴨，吃穀生銀，吃米生金。娘家人念及她平日工作勤奮，就把這隻金母鴨當嫁妝，陪嫁過門去，這隻金母鴨雖能生金生銀，但一次產量不多，但凡能生，積少也能成多。

經過一些時日，村莊裡的人都知道鴨四妹有能生金生銀的金母鴨。一位有錢的員外，三番兩次表明想買金母鴨，總是談不成。

有一回，鴨四妹的丈夫外出工作帶回一塊金黑色的石塊，鴨四妹問：「這是從哪搬的？」她丈夫說：「我是從想和我們買金母鴨的員外他家山上搬回來的。那座山，地面凹凸不平，到處都是裸露的石頭，不知道什麼名字，也沒長什麼作物，像不毛之地，這種黑黑亮亮的石頭到處都是，我覺得烏圓又漂亮，就把它搬回來。」鴨四妹問：「像這樣的石頭，還有多少呢？」他說：「還有很多，大大小小都有，滿山都是。」鴨四妹心中已經明瞭，不過，她沒有把真相說出來，只交代丈夫「下回儘量帶一些回來」。此後，鴨四妹的丈夫每天工作結束，必定帶一顆黑金石頭回家。

有一日，員外又想來買金母鴨，鴨四妹跟員外說：「我可以賣你金母鴨，但是我們要交換條件。我這隻金母鴨吃穀生銀，吃米生金，一小塊金子價值不斐，所以我的金母鴨是很值錢的，若賣給你，我們要靠什麼生活？你用那一座山來交換，你的山給我，我的金母鴨給你，大家把契約寫好。」員外心想，那座山到處都是石頭，種植不出什麼作物，就答應鴨四妹的條件。

員外帶回金母鴨後，發現牠真的會生金生銀，心生貪念，想要更多的金銀，便餵更多的食物給金母鴨。由於飲食過量，金母鴨肚子裡結的金銀太大顆，漸漸地生病了，日益嚴重，最後不治而死。

那一座山已經是鴨四妹的，開始能夠自由出入。那些黑色發亮的石頭，全部都是黑金。鴨四妹就在山上開了一間工廠，將石頭加以處理，出產賣黑金，從此一家變得極為富有。

員外知道此事，感嘆自己真傻，拿金山與人交換金母鴨，這下金母鴨又死了，他很不甘願，想把山要回來，便心生歹念，去官府告鴨四妹的公公，還事先買通了縣太爺。

「你為何霸佔他的山？」縣官問鴨四妹的公公。

「我沒有霸佔他的山，是用金母鴨和他交換的，是他自己太貪心，餵食過量，把牠撐死了，我們有契約載明交換的。」鴨四妹的公公回答。

「是你不對，一座山那麼大，又專門生產黑金。」縣官早被買通，一味地替員外那一方說話。

「當時，他若知道山上產黑金，怎麼可能願意和我交換？就是不知道有黑金，他才願意與我交換。兩人交換，是有寫明的，是雙方心甘情願，我並沒有霸佔他的山。」

「你回去叫你媳婦三天內織一匹布，像臺灣頭鋪到臺灣尾這麼長來繳交，我就放了你。」縣官刁難說道。

公公回到家，心裡非常憂愁，這麼長的布要如何織？愁到吃不下飯。鴨四妹說：「您別愁，我會教您如何回覆縣太爺的消息。」

第三日，鴨四妹的公公去官府，縣太爺問他：「布拿來了嗎？」

「我還沒織布，你要先去量路有多長，我媳婦才知道要織多長的布。」公公依照媳婦教他的方式回應。

「路這麼長，我怎麼量？你這麼搞怪，明天你牽一隻懷胎的公牛來。」縣官一時無話可說，又出難題給他。

公公回到家又愁容滿面，食不下嚥。「你怎麼啦，怎麼又愁眉不展？」鴨四妹問。公公就和媳婦說了縣官的吩咐。「不怕，不怕，明天換我去回話。」

第二天，縣太爺問鴨四妹：「你公公為何沒來，換你來？」

「我公公在家坐月子。」鴨四妹說道。

「豈有此理，哪有男人坐月子？」

「是呀，你說男人不會坐月子，那公牛又怎會懷胎？」

縣太爺又無話可說，不得已只好結束案子。

亞古嫂拿飯匙賠貓

客語 亞古嫂擎飯匙堵貓[1]

頭擺有一個財主，心腸當壞，橫行[2]惡霸，莊中个人全部當惱[3]佢，同佢安一個偏名，安到「雙頭蛇」。

有一擺，雙頭蛇出門，路項看著一個當靚个婦人家，係李亞古个餔娘。雙頭蛇起野心，想愛霸占佢做細姐[4]。

有一日下晝，李亞古在雙頭蛇个屋脣个地蒔田，雙頭蛇就挑事[5]摎自家个花貓仔打死，暗中囥[6]到李亞古个畚箕肚，正硬講係李亞古打死个，愛佢賠償。李亞古係老實人，分佢講到無奈何，就問佢愛賠幾多錢？雙頭蛇講：

> 吾个貓仔係寶貓，地下喊一聲，老鼠走上棚，棚頂喊一聲，老鼠就入甕。番人來取寶，出銀三千三，天光日偓到若屋家拿錢，假使無錢，用餔娘來抵押。

1　擎飯匙堵貓：音 kiaˇ fan ciiˇ duˇ meu。堵，在這指的是搪塞的意思。整句的原意是拿著飯匙來搪塞貓，比喻以不相關的事物來搪塞或是敷衍他人。

2　橫行：音 vangˇ hangˇ，行為粗暴，不講道理。

3　惱：音 nau´，厭惡。

4　細姐：音 se jia`，妾、二奶、姨太太、小老婆。

5　挑事：音 tiau´ sii，故意。

6　囥：音 kong，藏。

李亞古轉到屋家，同厥餔娘講。餔娘一聽，大譴一場，想到一隻辦法：「你放心，天光日佢來，你先閃避一下，俚會來應付佢。」

第二日朝晨，雙頭蛇正經帶等家丁尋到門來，一入門看著亞古嫂就問：「李亞古有在無？」亞古嫂講：「佢正出去，有事尋人參詳。佢愛下晝正做得轉來，又吩咐假使有人尋，做得留佢食晝。」

雙頭蛇就耐心等待。等啊等，一點鐘過去吔，還無見菜飯出。兩點鐘過吔，單淨聽到隔壁筷仔叮噹響。三點鐘光景，菜飯正上桌。亞古嫂同佢添了一碗飯到桌項講：「窮人屋家，無麼个好食个，怠慢了。今晡日男仔人不在屋家，俚係婦道人家，失陪了，你這兜定定仔[7]食。」講忒就行出去。

雙頭蛇早就枵[8]到肚笥變背囊，佇毋著[9]，一碗飯一下仔就食忒哩，轉身去添第二碗。因為飯匙已經分亞古嫂動手腳，雙頭蛇一出力，柄嗄斷截哩！亞古嫂一看，大驚講：「啊呀！吾个飯匙分你搣[10]斷，愛仰結煞[11]啊？」雙頭蛇講：「阿嫂啊，一支飯匙仔有麼个好見怪，俚照價賠分妳。」亞古嫂講：

> 吾个飯匙係寶匙，下鑊[12]攎[13]啊攎，出飯又出粥，上鑊攎啊攎，攎出魚合肉，番人來取寶，足足出三萬六。天光日俚到貴府討，無就官府見。

---

7 定定仔：音 tin tin e`，慢慢的、慢慢來。

8 枵：音 iau´，飢餓。

9 佇毋著：音 du mˇ diauˇ，受不了，指身體或心理不能負荷或承受。

10 搣：音 med`，弄。

11 仰結煞：音 ngiong gad` sad`，怎麼辦？

12 鑊：vog，煮食用的大鍋子。

13 攎：音 lug`，攪動。

結果雙頭蛇不單淨無占到亞古嫂个便宜，死貓還分飯匙堵忒，人財兩空。

華語 亞古嫂拿飯匙賠貓

從前有一位財主，心腸很壞，橫行惡霸，村莊裡的人都非常討厭他，幫他取了一個綽號，叫「雙頭蛇」。

有一回，雙頭蛇外出，路上遇到一位如花似玉的婦人，得知是李亞古的妻子，便起了野心，想霸佔為妾。

有一天下午，李亞古在雙頭蛇家旁邊的地插秧時，雙頭蛇故意將自己的花貓打死，暗中藏到李亞古的畚箕裡，並嫁禍給他，令其賠償。李亞古生性老實，被他說得莫可奈何，只好問他要賠多少？雙頭蛇說：

> 我的貓是寶貓，地下叫一聲，老鼠走上棚，棚上叫一聲，老鼠就入甕，番人來取寶，出銀三千三，明天我到你家拿錢，如果沒錢，將妻子來抵債。

李亞古回到家，跟妻子說這件事。妻子聽完，非常生氣，想了一個辦法，說：「你放心，明天他來，你先躲避一下，我來應付他。」

第二天早上，雙頭蛇帶著家丁上門討債，一進門看到亞古嫂就問：「李亞古在家嗎？」「他剛出去，有事找人商量。他說下午才能回來，又吩咐如果有人來找他，可留下來吃中餐。」

雙頭蛇便耐心等待。等啊等，一個鐘頭過去了，還不見菜飯出，過了兩個鐘頭，只聞隔壁筷子叮噹響，等了三個鐘頭，菜飯才上桌。亞古嫂添了一碗飯給他，放到桌上說：「我們是窮人家，沒有什麼好吃的，怠慢了，今天男人不在家，我是婦道人家，失陪了，你們慢慢吃。」說完就告退了。

雙頭蛇早已餓到前胸貼後背，忍耐不住，一下子就吃完一碗飯，轉身去添第二碗。由於飯匙已被亞古嫂動手腳，雙頭蛇一用力，柄就斷掉了。亞古嫂一看，大驚說：「啊呀！我的飯匙柄被你弄斷，不得了呀！」雙頭蛇說：「嫂子啊，一個飯匙有什麼值得大驚小怪？」亞古嫂說：

> 我的飯匙是寶匙，下鍋攪一攪，出飯又出粥，上鍋攪出魚和肉，番人來取寶，足足出三萬六。明日我到貴府取，否則官府見。

結果雙頭蛇不只沒有佔到亞古嫂的便宜，死貓還被飯匙塘塞，互相抵消，人財兩空。

三位親家說大話

客語 三子親家嗙雞胲[1]

有三子親家，輒常[2]共下打嘴鼓。有一日落水，又共下打嘴鼓，佢兜感覺逐日講个話都係差毋多个話頭，毋麼个生趣；有人就提議講，今晡日來講膨風，嗙雞胲比賽，換一個新鮮个話題來講，較生趣。三儕都拍手贊成，講好比賽條件係：講輸个人，就愛辦一桌豐豐沛沛个桌仔，來請講贏个人。

麼人愛先講呢？佢兜就議決，分盡多歲个人先講。

較老个親家就講：「吾屋家有一隻大鼓，當大。」還兩儕問講：「有幾大呢？」佢應講：「大到無好比，吾孫仔初一輕輕摸一下，就響到月半。」大親家恁樣講。

第二個親家輪等講：「該算麼个大呢？偓有一隻秧盆正大哩！有一擺，該阿兵哥摎偓借去用，有二千个兵仔坐落去，正坐等一細角定定哦！」

第三個親家講：「哇！偓無恁大个雞胲好嗙，偓認輸。」佢就走轉屋下去，準備愛辦桌請人。佢在唉聲嘆氣、無結無煞个時節，厥心臼看著，就喊厥家官講：「阿爸，好食晝囉！」厥家官講：「唉呀！了大錢[3]了！偓食乜毋落！」厥心臼問講：「了麼个大錢喏？」家官應

1　嗙雞胲：音 pang´ gie´ goi´，比喻誇口、說大話。

2　輒常：音 jiab songˇ，經常、常常。

3　了大錢：音 liau`tai qienˇ，花（賠）很多錢。

講：「三子親家講膨風啊，無搭無碓，偓無雞胲仔好嗙，愛辦桌請佢兩儕，就愛了大錢。」厥心臼問：「佢兩儕仰般嗙雞胲？」做家官个就詳細將該兩個親家講个大膨風講分心臼聽。

心臼聽了以後，就安慰厥家官講：「阿爸毋使愁，偓來負責應付佢兩儕，你遽遽去食飯，食飽，去睡當晝，講膨風个事，包到吾身上。」

心臼先去尋大親家，大親家講：「若爸仰無來？」

佢講：「吾爸哪有閒來？佢愛去逐牛。」接等講：「吾爸在廣東畜个牛仔，探頭過來，會將臺灣个禾仔食忒一半，這件事情無去處理仰會做得？」

大親家講：「恁會膨風，哪有恁大隻个牛仔？」

佢講：「若个大鼓，係無吾个大牛皮，仰會蒙得起來？」

大親家講：「嗯，有影！」恁樣就堵忒。

心臼接等去尋二親家，二親家問：「若爸仰無來？」

佢講：「偓爸上天去了，無閒好來。」

二親家講：「講到雞胲到哪雞胲，天頂仰會上得去？」

佢講：「仰會上毋得？吾屋家種一枝竹仔，對下背向往上，直直蹶[4]到竹尾，就到天頂去吔！」

二親家講：「你騙鬼！竹仔哪有可能透得上天頂？」

佢講：「若秧盆恁大隻，愛有恁長个竹篾仔[5]，正做得做箍仔[6]啊！」恁樣又堵忒。

這個慶頭[7]心臼，輕鬆對付厥老實家官个難題，實在真有道理喔！

---

4 蹶：音 kied，攀登。

5 竹篾仔：音 zugˋmed eˋ，竹子剖成的細薄片。《玉篇・竹部》：「篾，竹皮也。」

6 箍仔：音 kieuˊeˋ，束緊物體的環狀物，例：桶箍。

7 慶頭：音 kiang teuˇ，精明幹練。

華語 三位親家說大話

有三位親家，時常聚在一起聊天。有一天下雨，他們又聚在一起閒聊，覺得每天講的話題都很一般，沒什麼意思。有人就提議說今天來吹牛比賽，換一個新鮮的玩意兒，比較有趣。三個人都拍手贊成，並講好比賽條件是：講輸的人，要辦一桌豐盛的佳餚，來宴請贏家。

誰要先說呢？他們就議決請最年長的先說。

年長的親家就開始吹牛說：「我家有一面大鼓，很大。」另外兩個人問他說：「到底有多大呢？」他回應說：「大到無法比，我孫子初一輕輕摸一下，就響到月半。」大親家這樣說。

第二個親家接著說：「那算什麼呢？我家有一個秧盆才大呢！有一次阿兵哥向我借去用，兩千個士兵坐進去，才坐了秧盆一個小角落哦！」

第三個親家說：「哇！我沒這麼大的牛好吹，我認輸。」他就走回家去，準備要辦桌請客。當他在唉聲嘆氣，不知如何是好的時候，他媳婦看到，就喊住公公說：「爸爸，可以吃午飯了！」她公公說：「唉呀！虧大錢了，我吃不下飯。」媳婦問說：「虧什麼大錢呢？」公公說：「三個親家在玩吹大牛，我沒大牛好吹，要辦桌請他兩人，就要虧大錢了！」媳婦問：「他兩人怎樣吹牛？」公公詳細將那兩個親家吹的大牛，說給媳婦聽。

媳婦聽了，安慰她公公說：「別擔心，我來負責應付他倆人。您趕快去吃飯，吃飽，去睡午覺。吹牛的事，包在我身上。」

於是媳婦先去找大親家，大親家說：「妳爸爸怎麼沒來？」

她說：「我爸爸哪有時間來？他要去趕牛。」接著說：「我爸爸在廣東養了一頭牛，牠的頭一伸過來，會把臺灣稻子吃掉一大半，這種事沒去處理，怎麼可以？」

大親家說：「這麼誇張，哪裏有這麼大的牛？」

她說：「您的大鼓，若沒我這麼大的牛皮，怎會蓋得住呢？」

大親家說：「確實，這樣就算扯平了。」

媳婦接著去找二親家，二親家問：「妳爸爸怎麼沒來呢？」

媳婦說：「我爸爸到天上去了，沒時間過來！」

二親家說：「吹牛吹得這麼誇張，天上怎麼上得去？」

她說：「怎麼會上不去呢？我家有種一枝竹子，從底下往上直直爬到竹子尾端，就可以到天上去啦！」

二親家說：「你騙鬼，竹子怎麼可能長到天上去？」

媳婦說：「您的秧盆這麼大，要有這麼長的竹篾，才可以做圈子啊！」結果又扯平了！

這個精明幹練的媳婦，從容對付她老實公公的難題，實在真有道理呢！

連鬼都驚嚇

客語 鬼都驚

頭擺个農村，地主摎佃農長透[1]對立。佃農無田，為著愛生活，就摎地主租地耕作，再由地主逐季，無就逐年收租一擺。故所，佃農愛看地主个面色來生活，輒輒就愛托等厥屎朏[2]，還要送大禮品分佢，分佢指使。有時，地主請佃農捹手，事[3]忒多時，佃農譴到心肚不敢講，故所佢兜个關係，非常緊張。

有一擺，頭家請佃農割禾，兩儕一見面，就發生下背一段話。

頭家：「阿城仔，你做麼个日頭曬屎朏正來？」

佃農：「天盲光偓就出門，沒想著路上分好兄弟（鬼）纏著，行毋得。」

頭家：「後來仰般脫身呢？」

佃農：「偓一看，日頭升到恁高吔，心肝肚當緊張，就同好兄弟講，偓愛摎頭家割禾，結果好兄弟嚇到屎出尿瀉，佢就走忒哩！」

頭家：「做麼个呢？」

佃農：「一講到頭家大名，連鬼都驚喔！」

1　長透：音 congˇteu，常常、時常。

2　托等厥屎朏：音 tog`den`gia´sii vud`，形容對地主阿諛奉承、逢迎拍馬。

3　事：音 se，工作量。

華語 連鬼都驚嚇

從前的農村，地主與佃農時常對立。佃農沒有田地，為了生計，只好向地主租地耕作，再由地主每季，或者每年收租一次。因此，佃農必須看地主的臉色來生活，時常要對地主逢迎拍馬，甚至送大禮品給他，任由他使喚。有時，地主請佃農幫忙，一旦工作過量，佃農敢怒不敢言。他們彼此的關係，經常處於緊張狀態。

有一回，地主請佃農割稻，兩人一見面，就發生下面一段對話。

地主：「阿城，你為什麼太陽曬屁股才來？」

佃農：「天還沒亮，我早就出門了。沒想到路上被好兄弟（鬼）纏住，走不了。」

地主：「後來如何脫身呢？」

佃農：「我一看，太陽升到這麼高了，心裡很焦急，就跟他說要趕路，要趕緊幫您割稻。結果好兄弟一聽，嚇到屎尿齊放，他就走掉了！」

老闆：「為什麼呢？」

佃農：「一講到頭家您的大名，連鬼都嚇呆囉！」

聰明的長工

客語 精个長年

頭擺，有一个長年掌牛仔，牛仔放佢在草排[1]該食，自家啄目睡[2]，嗄睡忒了。牛仔偷食別人个禾仔[3]，該田頭家來看到，就牽牛仔轉去。長年醒了尋牛，尋到厥屋下去，該頭家問佢：「你掌麼个牛？睡忒，牛食禾仔你嗄毋知？」

佢講：「無法度啊！吾公過身[4]到今無睡飽啊！」

頭家問：「若公過身幾多年了？」

佢講：「三、四年囉！」

頭家問：「仰會到今還無睡飽？」

佢講：「一夜堵一夜，盲識堵著雙倍夜啊！[5]」

頭家分佢堵到嘴擘擘[6]，斯講：「好啦！牛仔牽去轉。」

1　草排：音 co` pai˘，很大片空曠的草地。

2　啄目睡：音 dug` mug` soi，打瞌睡。因人打瞌睡時會頻頻點頭，猶如鳥類啄食一般，故言之「啄目睡」。

3　禾仔：音 vo˘ e`，稻子。

4　過身：音 go siin´，去世。

5　一夜堵一夜，盲識堵著雙倍夜：音 id`ia du˘id`ia，mang˘siid`du˘do`sung´pi ia，客家俗諺，意指一天只有一夜，若一夜所需睡眠為八小時，某夜睡得少，隔夜即使睡足八小時，依舊無法將那一夜缺乏的睡眠補足，因為一天不會有雙倍的夜晚讓人補眠。換言之，即「一天沒睡飽，永遠睡眠不足」的意思，用來譏諷在工作態度方面偷懶，卻擅長狡辯的人。

6　嘴擘擘：音 zoi bag` bag`，形容嘴巴張開的樣子。

華語 聰明的長工

從前，有一個受雇幫忙種田放牛的長工，牛放在田野的草地上吃草，自己卻打瞌睡，不自覺就睡著了。後來牛偷吃稻子，雇主經過看到，便把牛牽回去。長工醒來發現牛失蹤了，便找到家裡去，雇主問他：「你看什麼牛？竟然睡著了，牛吃稻子你都不知道！」

長工說：「沒辦法啊！自從我爺爺去世之後，到今天還沒有睡夠啊！」

雇主問：「你的爺爺去世多久了？」

長工說：「三、四年囉。」

雇主問：「怎麼會到今天還沒睡夠？」

長工說：「一夜抵一夜，從未遇到雙倍夜啦！」

雇主被他的話頂得啞口無言，只好說：「好啦！牛牽回去。」

三個女婿祝壽

客語 三個婿郎

頭擺，有一個員外，降有三個妹仔，大个妹仔嫁分一個先生，第二个妹仔嫁分一個耕田人，第三个妹仔嫁分一個賊仔。

有一日，員外做生日，婿郎、妹仔都轉來，員外就講：「今晡日大家轉來摎𠊎祝壽，逐個婿郎提一條詩出來，內容愛摎各人个頭路事業配合得著。」

教書先生字墨一肚，當然佢使較遽，講：

筆尾尖尖，磨盤圓圓，教書甘苦，領錢𠊎就自然。

第二个婿郎聽到，接等講：

犁頭尖尖，犁柄圓圓，耕田甘苦，上倉𠊎就自然。

第三个做賊仔，想了一下，就講：

鏢仔[1]尖尖，挖洞圓圓，入孔甘苦，出孔𠊎就自然。

1　鏢仔：音 beu´e`，舊時一種用來投擲的金屬暗器。鏢，通「鏢」。

華語 三個女婿祝壽

從前，有一個員外生三個女兒，大女兒嫁給一個老師；二女兒嫁給一個農夫；三女兒嫁給一個小偷。

有一天，員外做生日，女婿和女兒全都回來祝壽，員外說：「今天大家都回來為我祝壽，每個女婿都要做一首詩，內容要和每個人的工作性質相關。」

老師有一肚子的學問，當然很快就做好，說：

筆尾尖尖，硯台圓圓，教書很辛苦，但領薪水就讓人快活自然。

二女婿聽完，接著說：

犁頭尖尖，犁柄圓圓，種田很辛苦，但米穀進了糧倉，就讓人感到快活自然。

三女婿是小偷，想了想，說道：

鑣子尖尖，挖洞圓圓，鑽進孔洞裡進入屋內很辛苦，但鑽出孔洞出了屋外，滿載而歸真是讓人快活自然。

三個女婿的障眼術

客語 三個婿郎撮眼花[1]

有三個婿郎，一個係臭頭，一個係跛腳，一個鼻流無停。

丈人老愛做生日哩，這三儕人講好勢，麼人先行。這個跛腳仔先行，流鼻介第二，第三就係發臭頭。

第一个跛腳，壞看啊，講：「畫龍畫虎入高堂。」該腳跛跛，腳著啊著，人都不知佢跛腳仔，看到凳仔就坐了！

第二個流鼻个講：「喔！講到老虎偓就驚，我要開銃[2]來打。」衫袖擎起來撂鼻捽落去哩。

第三個臭頭講：「看到銃偓就驚。」手就頭拿緊爪。

1　撮眼花：音 cod` ngien` fa´，利用別人沒有設防、不注意時動手腳。在客語中常指「障眼術、障眼法」之意。

2　銃：音 cung，槍。

華語 三個女婿的障眼術

有三個女婿，一個是癩痢頭，一個是瘸子，一個鼻涕流不停。

岳父快過生日了，三位女婿商量好，誰走在前面。後來決定，瘸子先走，流鼻涕的第二，第三個是癩痢頭。

第一個是瘸子走起路來不好看，就說：「畫龍畫虎入高堂。」他的腳一跛一跛的，但腳底拖著地板走路，別人都不知道他是瘸子，看到椅子就坐上去。

第二個流鼻涕的說：「喔！說到老虎我就害怕，我要開槍打牠。」作勢要開槍的樣子，將袖子舉起來順勢擦掉鼻涕。

第三個癩痢頭說：「看到槍我就怕。」手就趁勢不停地抓癩痢頭。

三個小偷的故事

客語 三個賊仔个故事

頭擺，有三個賊仔，一個安到「琉璃滑」，一個安到「滑琉璃」，一個安到「毋黏油」。三儕人長透在該展，看麼人較慶。

有一擺，「琉璃滑」摎「滑琉璃」同「毋黏油」講：「你下去偷東西，𠊎兩儕在屋頂溜索仔下去吊上來。」這「毋黏油」就下去偷東西，偷到三布袋，一袋一袋吊上去，第四袋裝自家，分屋頂个賊仔吊上去，四袋堵好兩擔。

無想到，屋頂个賊仔使梟[1]講：「堵好兩擔，一儕孩一擔，等佢去，無愛插佢。」倆儕孩等就弄弄仔走[2]，行無幾步，就聽到人講：「偷東西哦！偷東西哦！」這兩個賊仔聽到人喊「偷東西」，驚怕主人逐到來，三步做兩步，緊拚拚仔走，走到上氣接毋到下氣。

走了一節路，正放冗兜仔[3]，定定仔行。行無幾久，又聽到人喊：「偷東西哦！偷東西哦！」這兩個賊仔又拔起腳走，走到當遠，想怕無人逐來哩！擔頭放下來分東西。愛仰般分呢？「琉璃滑」就講：「一儕一擔。」

話盲講忒，就聽到有人喊講：「盲愛正[4]！還有𠊎，三袋，一儕一袋堵堵好！」原來有另外一袋裝个係「毋黏油」這個賊仔，「琉璃

1　使梟：音 siiˋ hieuˊ，使詐、耍詐。
2　弄弄仔走：音 nungˋ nungˋ eˋ zeuˋ，邊走邊玩。
3　放冗兜仔：音 biong ngiung deuˊeˋ，放鬆一點。
4　盲愛正：音 mangˇoi zang，還不要動。

滑」摎「滑琉璃」嗄戇忒哩！講：「還夭壽，毋驚佢孩死。」

結果，一儕一袋堵堵好，無加也無減。這就係人講个：「道高一尺，魔高一丈」。

華語 三個小偷的故事

從前，有三個小偷，一個叫做「琉璃滑」，一個叫做「滑琉璃」，一個叫做「毋黏油」。三個人經常在爭，看誰比較能幹。

有一次，「琉璃滑」和「滑琉璃」跟「毋黏油」說：「你下去偷東西，我們兩個在屋頂拋繩子，把偷到的東西吊上來。」這「毋黏油」就下去偷東西，偷了三布袋，一袋一袋的往上吊，第四袋裝自己，讓屋頂上的兩個小偷吊上去，四袋剛好兩擔。

沒想到，「琉璃滑」和「滑琉璃」使詐說：「剛好兩擔，一儕挑一擔，不管『毋黏油』了。」兩人挑著擔子離開，邊走邊玩。才走沒幾步，就聽到人說：「偷東西哦！偷東西哦！」這兩個小偷聽到人喊「偷東西」，害怕被主人抓到，於是三步做兩步，死命的跑，跑到上氣不接下氣。

走了一段路，才放鬆了一些，慢慢地走。走沒多久，又聽到有人喊：「偷東西哦！偷東西哦！」這兩個小偷又拔腿狂奔。一而再，再而三地重覆。已經跑了好遠的一段路，揣想應該沒有人追上來了，便放下擔子，開始分贓。要如何分呢？「琉璃滑」說：「一人一擔。」

話還沒說完，就聽到有人喊：「且慢！還有我，共有三袋，一人一袋剛剛好！」原來另外一袋裝的是「毋黏油」。「琉璃滑」和「滑琉璃」傻住了！說：「太過分了，不怕累死我們。」

結果，一人一袋剛剛好，不多也不少。這正是人家說的：「道高一尺，魔高一丈」。

傻子找工作

客語 戇仔尋頭路

有一個戇仔，厥爸厥姆輒常講：「唉！畜著一個戇仔，愛仰結煞？毋曉做頭路。」還講：「某名，偃拿息錢分你去做生理。」俫仔就問厥爸：「阿爸，你喊偃去做麼个生理？」厥爸講：「買該毋會綿、毋會臭个東西，較好啦！本錢毋會無忒去，係有對半賺就盡好。」戇仔拿到錢就去買條牛，牽等去賣。

有人問講：「某名，你這條牛仔愛賣無？」

佢講：「愛唷！」戇仔看到該人掌羊就講：「吾這牛仔換你兩條羊仔，好無？」

該儕人講：「好哦！」

戇仔心肝肚想：「一條牛仔換兩條羊仔，該偃賺到一條羊仔！」

換好了就牽等行，看到人在該耙田[1]，白鶴仔當多。戇仔問該耙田个人：「你這兜鴨仔愛賣無？」

佢講：「愛唷！」

戇仔問：「愛賣幾多錢？」

佢講：「儘採。」

戇仔問：「吾兩條羊仔摎你換鴨仔好無？」

佢講：「好啊！羊仔偃先牽轉去，偃走你正好去捉哦！」

1　耙田：音 paˇ tienˇ，使用耙子平整田地。

戇仔講：「好啊！」等佢走去，戇仔想愛去捉該白鶴仔，嗄飛淨淨。

戇仔無頭路，無錢無好食，就轉來同厥爸講：「阿爸！吾个錢無了！偓有去賺錢。」

厥爸講：「仰般賺？」

佢講：「偓買一條牛仔換兩條羊仔，偓賺一條。羊仔牽等去摎人換鴨仔，去捉煞飛淨淨，無錢哩！」

厥爸講：「好啦！偓拿錢分你去看哪位賺錢啦！去學師仔乜好。」

戇仔去到船頭，看到人愛去長山，佢乜跈等去長山。去到長山，尋無頭路，看到人在該打石，戇仔就問佢：「你愛分人學師仔無？」

佢講：「愛唷！無你來學打石。」

戇仔問師傅講：「幾多錢？」

佢講：「儘採你拿幾多乜好。」

戇仔就將厥爸分佢个錢做下[2]分佢。人學師仔應該有飯好食，戇仔嗄自家拿錢去貼佢，師傅當歡喜，教佢打一條當大條个石獅仔。

打了兩、三年，戇仔打好想愛轉囉，師傅講：「這條石獅仔恁大條，你拿毋轉，偓摎你裝好，正用船仔載。」師傅另外打一條細細个石獅仔，講：「無這細條个石獅仔，你先拿轉去，大條个用船仔載，你轉去正去船頭拿。」戇仔就講：「好。」

戇仔轉來，厥爸問佢：「你去長山做麼个頭路？」

佢講：「學打石。你講毋會綿，毋會臭个東西較好，偓就去學打石。」

厥爸問佢：「你打麼个石？」

戇仔撈出來分佢看，講：「這安到狼狽！」

2　做下：音 zo ha，全部、一切。

厥爸講：「啊！狼狽子。」厥爸罵佢：「你這狼狽子。」

戇仔講：「唉！這就係狼狽子啊！大狼狽在背項。」

華語 傻子找工作

有一個傻子，他的父母親經常說：「唉！生了一個傻子，要怎麼辦？不會找工作謀生。」便告訴傻子說：「我拿些錢給你做生意。」傻子問父親：「爸！你要我去做什麼生意？」他的父親說：「買不會爛不會臭的東西，會比較好啦！本錢不會虧掉，若能有一半以上的利潤最好！」於是，傻子把錢買了一頭牛，牽著到處販賣。

有人問他：「你這頭牛要賣嗎？」

他說：「要啊！」傻子看到一個牧羊人就說：「我這頭牛和你換兩頭羊，好嗎？」

那人說：「好啊！」

傻子心想：「一頭牛換兩頭羊，這不就賺到一頭羊了！」

交換好了，傻子繼續往前走，看見有人在田裡翻土整地，田裡有很多白鷺鷥。傻子問種田人說：「你這群鴨子要賣嗎？」

他說：「要啊！」

傻子問：「要賣多少錢？」

他說：「隨便。」

傻子問：「兩頭羊換你的鴨子好嗎？」他說：「好啊！但是要等我把羊牽回去，離開之後你才可以去捉喔！」

傻子說：「好啊！」等種田的人離開後，傻子便去捉白鷺鷥，結果全部飛走了。

傻子沒工作沒錢吃飯，只好回家告訴父親說：「爸！我沒錢了，但我有去賺錢。」

他的父親說：「你怎麼賺錢？」

他說：「我買一頭牛換兩頭羊，我賺了一頭羊。隨後，羊和別人換了一群鴨子，但是等到去捉時，卻都飛光了，因此身上都沒錢。」他的父親說：「好吧！再給你錢，另外再找個地方賺錢，要不然去當學徒也可以！」

傻子來到搭船的渡口，看到有人要去大陸，於是他也跟著去大陸。到了大陸找不到工作，看見有人在鑿石頭，傻子問他：「你要收學徒嗎？」

他說：「要啊！不然你來學鑿石頭。」

傻子問師傅：「要多少錢？」

他說：「隨便你拿多少都可以。」

傻子就把父親給他的錢全部給他。

一般人當學徒應該都有飯吃，傻子竟然自己出錢，因此師傅非常高興，就教他鑿一頭很大的石獅子。

鑿了兩、三年，鑿好傻子想要回家，師傅說：「這頭石獅子這麼大你拿不回去，我幫你用船載回去好了！」於是師傅另外鑿一頭小的石獅子，說：「要不然這小石獅子你先拿回去，大石獅子用船載，你回去之後再到渡口去拿。」傻子就說：「好。」

傻子回家之後，父親問他：「你去大陸做什麼工作？」

他說：「學鑿石頭，因為你說不會爛、不會臭的東西比較好，所以我就學鑿石頭。」

父親問他：「你鑿什麼石頭？」

傻子便把小石獅子掏出來給父親看，說：「這叫做狼狽。」

父親說：「啊！狼狽子。」父親罵他：「你這狼狽子！」（意指你這沒出息的人）

傻子說：「唉！這就是狼狽子啊！大狼狽還在後面哪！」

羊先生

客語 羊先生

頭擺，有兩子哀[1]，歇到深山底肚，過等非常清苦个生活，阿姆逐日愛上山撿樵[2]，還愛落田種菜，來維持兩子哀个三餐。無幾機靈个俫仔，就逐日愛跈到阿姆身項捹手做該做這。兩子哀逐日辛苦做事，生活乜還過得去。毋過，有一日，做阿姆个，因為忒過操勞，忽然間發病橫落去[3]。

做阿姆个就對等戇俫仔講：「俫仔喔！阿姆發病了，人當艱苦。你下山去請該楊先生來摎佢看病，遽兜去！遽兜去！」

戇俫仔講：「哪個楊先生？佢毋識啊！佢生到仰般？」

阿姆講：「戇仔，楊先生人老老！有生鬍鬚个啊！」

戇俫仔就緊爪[4]頭拿，滿面狐疑行出家門。行到半山排[5]，呢呢哪哪[6]仔講：「愛去哪位尋該楊先生？」

恁堵好，佢看著草竇[7]底肚，有幾隻羊仔在該食草，佢看等羊仔个面，盡像老人个樣仔，又有生等鬚菇[8]。佢心肝肚想，敢講這就係

1　兩子哀：音 liong` zii` oi´，母子兩個人。

2　撿樵：音 giam` ceuˇ，舊時鄉下人家到樹林或野外揀拾薪柴當燃料。

3　橫落去：音 vang log hi，倒下去。

4　爪：音 zau`，抓。

5　半山排：音 ban san´ paiˇ，半山腰。

6　呢呢哪哪：音 ni ni na na，自言自語。

7　草竇：音 co` deu，草叢。

8　鬚菇：音 xi´gu´，鬍鬚。

楊先生？佢就行過去，對等羊仔講：「羊先生，羊先生，吾姆身體當艱苦，你趻倨轉去看病好無？」

講忒，佢拉等羊角，愛羊先生趻佢轉去。

當下[9]，羊仔「咩～～咩～～咩～～」緊噭。

戇俫仔講：「你毋肯喔！該倨尋過別條好哩！」

佢又去拉另外一條羊仔个鬚菇，這條羊仔分佢拉著痛到「咩～～咩～～咩～～」大聲噭。

戇俫仔講：「又毋係你喔！該到底係麼人呢？倨毋管恁多啦！你就毋好再過刁難倨哩！」

戇俫仔不管三七二十一，就拉等羊尾講：「你一定愛趻倨轉去屋下！」

該央時[10]，分佢拉等尾个羊仔，因為當痛，掛屎就分佢拉出來。草頂高全部係一粒粒仔烏色个羊屎。戇俫仔看著當暢就講：「啊噢！你還講無愛，你毋係摎藥圓仔全部帶出來耶？好啦！你無愛去吾屋下乜無相干，倨會摎這藥圓仔帶轉去分吾姆食，乜係共樣。」

戇俫仔拈起地泥下个羊屎粒，帶轉屋下拿分阿姆食。

轉到屋下，佢摎阿姆講仰般請羊先生个經過，講羊先生當愛刁難人，一下仔「嗯」，一下仔「咩」。阿姆無懷疑，就將該烏色个藥圓（羊屎粒）吞落肚屎底肚。無想到，厥姆个病恁樣就好了！原來厥姆係熱著，人無鬆爽，又恁堵好羊仔係專食草个動物，厥个屎就係百草膏，本身就有清涼退火个作用。厥姆个病就分佢醫好，實在忒神奇耶！

9　當下：音 dongˊ ha，當時。

10　該央時：音 ge iongˊ siiˇ，那時候。

華語 羊先生

從前從前，有一對母子，住在深山裡，過著相當克難清苦的生活。母親每天要上山砍柴，還要下田種菜，來維持母子的三餐；不怎麼機靈，又有些癡呆的兒子，則每天跟在母親身旁幫忙幹活打打雜。母子倆天辛勤地工作，生活倒也還過得去。然而，有一天，母親卻因過於勞累而病到了！

母親就對傻兒子說：兒子啊！媽媽生病了，身體不舒服。你下山去請楊先生（醫生）來幫我看病，快去！快去！

傻兒子說：「哪一位楊先生？我不認識啊！他長得怎麼樣？」

母親說：「傻孩子，楊先生長得老老的！有長鬍鬚的就是呀！」

只見傻兒子搔搔頭，一臉狐疑走出家門。走到半山腰，喃喃自語地說：「到哪去找楊先生呢？」

這時候，他發現草叢裡，有幾隻羊正在吃青草，他看見羊兒一臉老人的模樣，又長著鬍鬚。心想，這該不會就是楊先生吧？於是他走向羊群，對著羊說：「羊先生，羊先生，我媽媽身體不舒服，你跟我回去幫媽媽看病好嗎？」

說完，他就拉拉羊角，要羊先生跟他回去看病。

這時候，羊發出「咩～～咩～～咩～～」的叫聲。（音近客語「不要」的意思）

傻兒子說：「你不肯唷！那我換別隻好了！」

他又去拉另一隻羊的鬍鬚，這隻羊被拉得痛到「咩～～咩～～咩～～」大聲叫（音近客語「不是」的意思）。

傻兒子說：「又不是你！那到底是誰啊？不管啦！你就不要再刁難我了！」

於是，傻兒子不管三七二十一，就拉著羊尾巴說：「你一定要跟我回家！」

就在這個時候，被拉著羊尾的羊兒，因為受不了疼痛，竟然將屎給拉了出來。草地上滿是一粒粒黑色的羊大便。這時候，傻兒子開心地說了：「噯呀！你還說不肯，你看，你不是把藥丸子都帶來了？算了，你不去我家沒關係，我把藥丸帶回去給媽媽吃也是一樣。」

於是他撿起地上的羊屎粒，帶回家給媽媽吃。

回到家中，他向媽媽說明經過，說羊先生很愛愛刁難人，一會兒「嗯」（不肯），一會兒「咩」（不是）。媽媽不疑有他，便將該黑色藥丸（羊屎粒）吞下去。沒想到，媽媽的病竟然好了！原來媽媽是因為中暑人不舒服，而羊是草食性動物，牠的糞便可說是百草膏，具有清涼退火的功效，竟然把媽媽的病給治好了，真是太神奇囉！

沒抱到小孩

客語 無扐到細人

頭擺，有一個當好看電影个婦人家，厥老公逐日天亖光就愛去做工，日時頭長透無在屋家。婦人家就一大早遽遽食飽飯，揹等細人就去赴第一場電影。

去看電影，就愛對西瓜園過。有一擺，佢無行好，徑到一粒西瓜就橫落去，細人乜跌忒哩！該下，天時還當早，暗暗，麼个就摸毋到；總算摸到了，趕緊擲起來就去囉！去到戲院，坐落講：「唉唷！好在有赴到！堵堵正愛做！」暗暗咧，愛搧乳分細人食，講：「唷！仰會恁冷？」一看講：「唉哦！嗄擲到西瓜！壞咧！吾細人在西瓜園項。」講忒，就緊拚拚仔轉去尋細人。

轉到西瓜園，還係尋無厥細人。後來，佢就拿番仔火緊點緊尋，嗄尋到一粒枕頭。佢講：「唉哦！吾細人又無擲到，嗄擲到枕頭出來。」轉去屋家，正看到細人在眠床肚睡到齁齁滾。

華語 沒抱到小孩

從前，有個喜歡看電影的婦人，她有一個孩子。他的丈夫每天天未明就必須外出工作，白天經常不在家，她便趁老公外出時，趕緊吃過早餐，抱著小孩就去趕赴第一場電影。

去電影院途中，會經過一個西瓜田。有一次，她沒走好，被一顆西瓜絆倒，孩子也摔落了。當時天色還早，一片黑漆漆，什麼都摸不到，終於摸著了，趕緊抱著又繼續趕路。到了戲院，坐了下來：「剛好趕上開演！」燈光一暗，要給孩子哺乳才發現：「唷？怎麼會冷冷的？」仔細一看說：「唉呀！怎麼抱到西瓜？糟了！我的孩子掉到西瓜田裡了！」急急忙忙地趕回去找孩子。

回到西瓜園，依然遍尋不著她的孩子。就趕緊點了火柴來找，結果找到一個枕頭。她說：「唉呀！我沒抱到孩子，是抱了個枕頭出來。」回到家裡才看到孩子在床呼呼大睡呢！

蒸粢粑[1]

客語 炊粢粑

頭擺，有一儕人討心臼，這個心臼識食過粢粑，毋過毋識炊過粢粑。

有一擺，愛蒔禾囉。厥家娘講：「愛請人做事，愛炊兜粢粑仔來做點心。」因為佢毋識做過，毋知愛仰仔做。厥家娘就講：「愛請人做事，偓愛來去街路買菜，你摎粢粑仔放落去炊，亼[2]亼好咧。」佢毋知愛仰仔炊，就將亼好个粢粑仔放到樹盆肚項，總下放該炊。

炊落一下，厥家娘買菜轉來，已經當晝吔，粢粑仔還盲熟，就問厥家娘：「阿姆！偲个粢粑仔做麼還盲熟？」厥家娘講：「啊！怕較多敢係啦！過畀炊加下[3]哪！」

加添咧，厥家娘講：「唉喲！你炊歸朝晨囉，一朝晨較加，粢粑仔仰還盲熟？」。心臼就講：「偓會知？頭擺吾姆做就當遽熟，仰會這擺做恁久還盲熟？」

厥家娘摎該鑊蓋打開來看，講：「阿姆哀[4]！掛樹盆落去炊，哪會

1　粢粑：音 qiˇ ba´，客家米食之一。將糯米加水搗碎後蒸熟，再以手搓揉製成的食品。吃時可沾花生粉，口感香軟而有韌性，通常在節慶或較大聚會時食用，是請客的重要甜點。

2　亼：音 qib，用雙手由斜上方向下擠壓、揉搓的一種動作。如：亼粄仔。

3　過畀炊加下：音 go bi`coi´ga´ha，再讓它多蒸一下。畀，音 bi`，是分佢（bun´giˇ）的連音。

4　阿姆哀：音 a´ me´ oi´，驚嘆語氣詞。意指「哎呀！我的媽呀！我的天啊！」等。

熟？毋係恁泥炊，係恁泥炊，妳到天光乜毋會熟！」

心臼講：「偃仰會知！偃逐擺愛食粢粑仔，就在樹盆項斷[5]來食，哪知掛樹盆落去炊毋會熟？」

華語 蒸粢粑

從前，有一個人娶媳婦，這個媳婦吃過粢粑，但是不曾蒸過。

有一次，要插秧了。她婆婆說：「要請人工作，要炊一些粢粑來當點心。」因為她不曾做過，不知道要怎麼做。她婆婆就說：「因為要請人工作，我要來去街上買菜，你把粢粑仔下去蒸，糯米糰已經揉好了。」她不知道要怎麼蒸，就將揉好的糯米團放到木盆裡，連同木盆一起放下去蒸。

蒸了之後，她的婆婆買菜回來，已經中午了，還沒蒸熟，就問她婆婆：「媽！我們的粢粑怎麼還沒熟？」她婆婆說：「啊！應該是量比較多吧！再讓它多蒸一會兒吧！」

過了一會兒，她婆婆說：「唉喲！你炊一個早上囉，比一個早上還久，粢粑怎麼還沒有蒸熟？」。媳婦就說：「我怎麼會知道？從前我媽媽每次做都很快就熟了，怎麼這次會做這麼久還不熟呢？」

她婆婆把鍋蓋打開來一看，說：「我的天哪！連木盆一起放下去蒸，怎麼會熟？不是這樣蒸的，如果這樣蒸，蒸到明天也不會熟！」

媳婦說：「我怎麼會知道呢！我每次要吃粢粑，就從木盆裡截斷來吃，哪會知道放在木盆裡蒸不熟？」

5　斷：音 don`，截斷。如：斷粢粑。

萬事不求人的阿四妹

客語 萬事不求人个阿四妹

頭擺，有一儕人，討了一個巧心臼，當暢，盡好展風神[1]。佢講：「偓討有恁巧个心臼，門前來貼『萬事不求人』个招牌。」

有一个官員經過厥屋家，看到就講：「偓做官人就毋敢寫『萬事不求人』，你老百姓仰[2]敢貼這五個字？」就調遣家官來衙門問：「你敢貼『萬事不求人』，三日間，愛同偓做酒做到像海水恁多，織布愛同偓做到像路恁長，馬牯[3]又愛會降子[4]。」

家官一路愁等轉，轉到屋家。阿四妹看到家官當毋爽快，驚分縣官打，就問佢：「阿爸，有麼个事情係無？」

家官講：「這擺壞蹄[5]了，你怕保偓無得哩喲，縣官喊偓三日間愛焗酒焗像海水恁多，又愛織布像路恁長，又還愛尋會降子个馬牯。」

阿四妹講：「阿爸，你毋使愁，偓會摎你去官廳。」

阿四妹去到官廳，縣官問佢：「若爸仰無來？」

阿四妹講：「吾爸在屋家做月。」

縣官講：「男仔人仰會做月？你亂講。」

1　盡好展風神：音 qin hau dien` fung´ siinˇ，最愛出風頭、最愛表現。

2　仰：音 ngiong`，怎麼。

3　馬牯：音 ma´ gu`，公馬。

4　降子：音 giung zii`，生子。

5　壞蹄：音 fai taiˇ，用來比喻事情不妙、糟糕之意。

阿四妹講：「你講馬牯會降子，吾爸仰毋會做月？你喊吾爸焗酒愛焗像海水恁多，你愛先量海水到底有幾多，倨正知愛焗幾多酒。路亦係共樣，愛摎倨量有幾長？倨正知愛織幾長个布。」

縣官見識到阿四妹个聰明，就再過打加兩隻字「真正」，送分阿四妹「真正萬事不求人」个招牌。

華語 萬事不求人的阿四妹

從前，有一個人，娶了個聰明的媳婦，他很開心，最喜歡炫耀。他說：「我娶了這麼聰明的媳婦，且讓我在門前貼個『萬事不求人』的招牌。」

有一位官員正好經過他家，看到就說：「我做官的人，都不敢說『萬事不求人』，你老百姓怎麼敢貼這五個字！」就調來衙役問話，衙役就給他出難題：「你敢貼『萬事不求人』，我要你在三日內，釀酒釀到像海水這麼多，織布織到像馬路一樣長，公馬也要會生小馬。」

公公被出了難題，一路憂愁回家。到家後，阿四妹看到公公悶悶不樂，擔心他挨縣太爺鞭打，就問公公：「爸爸，發生了什麼事嗎？」

公公說：「這次糟糕了，你可能保不住我了。縣太爺叫我三日內要釀酒釀到像海水那麼多，織布要織到像馬路一樣長，還要找到會生子的公馬。」

阿四妹說：「你不用愁，我會替你去衙門。」

阿四妹去到衙門，縣太爺問她：「妳公公怎麼沒來？」

阿四妹說：「我公公在家做月子。」

縣太爺說：「男人怎會做月子？你胡說。」

阿四妹說：「你說公馬會生子，我公公怎麼不會做月子？你叫我公公要釀酒像海水一樣多，你要先量海水到底有多少，我才知道要釀多少酒；路也是一樣，你要替我量看看路有多長，我才知道要織多少布。」

縣太爺見識到阿四妹的聰明，就再增加「真正」兩個字，頒贈阿四妹「真正萬事不求人」的招牌。

鴨四妹妙解隱謎

客語 鴨四妹搖手揣令仔

頭擺，有兩公婆，降兩個倈子，係一般家庭，有多少所在，毋係盡有錢，亦毋會苦。大个倈仔，討心臼了，細个倈仔言討。

有一擺，年過忒了，會月半了，心臼就問家官、家娘：「阿爸、阿姆，𠊎今晡日想愛轉妹家，做得無？」

家娘講：「好啊，事做做閒就好去。」

家官講：「你『十五去，月半轉』，路巷摎𠊎帶兩項東西轉來，第一係『風包紙』，第二係『紙包火』。」

心臼聽了心肝想，麼介安到「風包紙」、「紙包火」？從來毋識聽過。佢緊想還係想唔出來。細人仔揹等，就去轉妹家。

這個心臼轉去妹家路項，堵到鴨四妹，逐等一群鴨仔，愛去田項食草。一儕緊逐鴨仔，逐唔得到田項；一儕揹著細人仔行路，頭磬磬[1]又礱礱舂舂[2]，還在該緊想家官講个係麼个東西，嗄摎鴨四妹个鴨子逐到四四散散。

鴨四妹講：「你仰仔行路頭磬磬無看人，同人个鴨子逐到四四散散，甘你摎𠊎搖手趟轉來。」

---

1 頭磬磬：音 teuˇ qin` qin`，形容頭部低垂的樣子。

2 礱礱舂舂：音 lungˇ lungˇ zung´ zung´，莽莽撞撞。

佢講：「好，好，好，敗勢敗勢[3]，倨來拸手[4]逐[5]。」大心臼就摎鴨四妹个鴨仔全逐到田項[6]去。

鴨四妹問佢：「你做麼个行路恁樣行？」

大心臼講：「倨愛去轉妹家，無搭無碓[7]，家官喊倨『十五去、月半轉』，又愛帶『風包紙，紙包火』轉去。無成喊倨尞一個月正轉去？」

鴨四妹講：「毋係喲，十五同月半係共日，你本日去，就愛本日轉。記得買一只燈籠，一支扇仔轉去。燈籠係紙做个，底肚點一支蠟燭，就係『紙包火』；扇仔个風係外背[8]吹來，扇仔撥啊去加較涼，風比扇仔大，故所係『風包紙』。」

下後，佢就遽遽去轉妹家，本日趕轉去。厥家官看佢本日趕轉來，又買了燈籠、扇仔，就恅著[9]心臼當才[10]，不過還係問佢：「到底這係你自家去買，亦係人摎你講个？」頭擺个人較老實，厥心臼講：「倨路項堵到一個細阿妹仔，安到『鴨四妹』，係佢教倨个。」

過後，家官開始動頭腦，同厥餔娘講：「有一個鴨四妹當正，𢠃來喊人去做媒人，摎佢討到來做心臼。」厥餔娘就喊人去做媒人，鴨四妹厥爸表示，愛尊重自家个妹仔[11]，就摎鴨四妹喊過來。媒人婆同鴨四妹講：「某某人當中意妳，愛妳做佢兜个心臼，好無？」

3　敗勢：音 paiˇse，心中不安、過意不去。即抱歉、對不起之意。

4　拸手：音 ten su`，幫忙。

5　逐：音 giug`，追趕。

6　田項：音 tienˇ hong，田裡。

7　無搭無碓：音 moˇ dab` moˇ doi，沒趣味、沒有意思。

8　外背：音 ngo boi，外面、外頭。

9　恅著：音 lau` do`，以為。

10　才：音 coiˇ，有智慧、才能的人。

11　妹仔：音 moi e`，稱謂。女兒。

鴨四妹講：「愛佴做心臼做得，毋過佴有條件，屋家項項愛分佴管理，佴講話，不管男女大細，大家愛聽。」

媒人轉去，摎這頭家講，這頭家講：「恁正个細妹仔，分佢當家，做得。」下後就摎佢訂婚，討轉來屋家。

結婚三晝過後，鴨四妹同全屋家人講：「偲屋家係愛有，大大細細平常出門做事，轉夜該下，所有用得个東西，柴亦好，豬菜亦好，番薯亦好，靚靚个石頭亦做得帶轉來曬蘿蔔乾、鹹菜，反正轉夜愛帶項東西轉來，做毋得空手轉屋。」

屋家大細全部聽佢講，照等做，無幾久，家庭就賺有錢了。

華語 鴨四妹妙解隱謎

從前，有對夫妻，生了兩個兒子，是尋常百姓，有一些田地，不富有，也不貧窮。大兒子已經娶了妻子，二兒子尚未娶。

有一天，剛好是正月十五，大媳婦走上前來，問公公婆婆：「爸爸媽媽，我今天想回娘家，可以嗎？」

「好，可以，家事料理好就可以回去。」婆婆這樣回答。

「你十五去，月半回來。你在回來的路上，幫我帶兩樣東西回來，第一個是『紙包火』，第二個是『風包紙』。」公公這樣交代。

大媳婦心想，到底什麼是「紙包火」、「風包紙」呢？從來不曾聽過，她一直想還是想不出來。揹起孩子，就回娘家去了。

正巧，這時鴨四妹趕著她養的一大群鴨子，要到尚未開始犁田的稻田裡找稻穗吃。一個是一路趕著鴨子，另一個是揹著小孩低著頭，莽莽撞撞，不停想著、走著，到底公公要她買什麼「紙包火」、「風包紙」的？想得太入神了，把鴨四妹的鴨群趕得四散。因為鴨子看到人一定會害怕，四處流竄。

鴨四妹一看不禁大叫：「喂，喂，妳走路為什麼低著頭，莽莽撞撞的不看人，把我的鴨趕得四散，還不快幫我趕成一堆。」

「喔，真是對不起，我幫忙趕。」大媳婦說著，趕緊幫忙把鴨四妹的鴨群趕進稻田裡。

「你為何這樣低著頭走路，把我的鴨子趕得東一群、西一群的？」鴨四妹問大媳婦。

「喔，我要回娘家，真沒意思，我公公叫我十五去月半回，還要我帶『紙包火』、『風包紙』回去？難道要我在娘家待一個月才回來？」

「不是的，十五和月半是同一天，妳當天去，就要當天回來。記得買一個燈籠，一支扇子回去。燈籠是紙做的，裡面點一根蠟燭，就是『紙包火』；扇子的風是從外面吹來，扇子搧動時會更清涼，風比扇子大，所以是『風包紙』。」

之後，大媳婦就趕緊回娘家，當日趕回去。公公見媳婦當日趕回來，又買了燈籠、扇子，就以為媳婦非常聰慧，不過還是再問個清楚：「到底這是你自己買的，還是別人告訴你才買的？」從前人比較誠實，他媳婦據實回答：「我在路上遇見趕鴨子的『鴨四妹』，是她教我的。」

由於這件事，公公開始動腦，跟他妻子商量：「有位姑娘叫鴨四妹，非常機靈，我們找個媒婆去說親，把她娶進門來當二媳婦。」接著，便找了媒婆去說親。鴨四妹的父親表示要尊重女兒的意見，就把鴨四妹找來，媒婆便向鴨四妹說明來意：「某某人中意妳當他們的媳婦，妳願意嗎？」

鴨四妹說：「要我當他的媳婦可以，但我有條件，家中的大小事情要由我來管理，我說的話，男女老幼都要聽，照我的話來做。」

媒婆回去，把鴨四妹的意思傳達清楚後，男方表示：「鴨四妹是機靈有才能的人，給她當家，沒問題。」不久，就與她訂了婚，娶過門來了。

新婚三天後，鴨四妹告訴全家人：「我們家要富有，所有家人平時外出工作，傍晚下班，所有用得到的東西，柴也好、地瓜葉也好、番薯葉也好，漂亮的石頭也可以帶回來，做蘿蔔乾、鹹菜也要用石塊壓著。平常無論什麼東西都可帶回來，總之不要空手回家。」

全家大大小小，全都照鴨四妹說的話去做，很快的家裡就富裕了。

什麼人頭腦較好

客語 麼人頭腦較好

頭擺，有一個老人家，降兩個倈仔[1]。因為佢當老仔，就想摎財產分忒去。不過，愛仰仔分正算公平？佢就想到一個辦法，用考試，看麼儕較精，就分較多，正守仔歇[2]；較戇个分較少，驚佢守毋歇。

有一日，天時[3]當好，阿爸就喊兩個倈仔過來講：「阿爸愛分財產哩！為到公平，愛用考試。」倈仔問：「愛仰般[4]考呢？」阿爸講：「帶你這兜出去行行，看看哪咧！」雖然大倈仔較戇，小倈仔較精，不過大心臼當精明，就教厥老公講：「等下阿爸問你問題，不論麼个問題，你就講『天生天養』，知無？」大倈仔講：「好。」三子爺就共下出去了。

行到一個大陂塘[5]，三子爺看到一個鵝仔在該水面項泅[6]來泅去。阿爸就問大个倈仔：「該鵝仔在水面項泅來泅去，仰毋會沉下去？」大倈仔講：「天生天養。」阿爸毋麼个[7]滿意，又問第二個倈仔，佢

1　倈仔：音 lai e`，兒子。

2　守仔歇：音 su`e`hed：守得住。

3　天時：音 tien´ sii`，天氣。

4　仰般：音 ngiong` ban´，怎麼、怎樣。

5　陂塘：音 bi´ tong`，池塘、水塘。

6　泅：音 qiu`，游泳，在水上浮行。

7　麼个：音 ma` ge，疑問代名詞，如同國語的「什麼」。「麼个」由「ma` ge 」隨韻衍生為「mag` ge 」。

講：「因為毛多。」阿爸頷頭[8]講：「嗯，有道理，因為毛多，正毋會沉下去。」

又過前行，看到一頭樹仔彎彎，阿爸又問大倈仔講：「這樹仔做麼个會彎彎？」大倈仔又講：「天生天養。」阿爸又拂頭[9]，再問第二個倈仔，佢講：「千人搵[10]，萬人搵，搵到彎彎。」阿爸又阿腦[11]講：「還係吾第二個倈仔較精。」

又行，行到河壩脣[12]，看到一粒大石頭必[13]到兩析[14]。阿爸又問大倈仔，佢又講：「天生天養。」阿爸聽到會譴死哩！佢講：「這個倈仔仰恁無用，就會講『天生天養』，其他麼个就無知。」又問第二個倈仔，佢講：「風吹日炙，正會必壢必壢[15]。」阿爸又緊[16]頷頭，當滿意了。

轉到屋家，阿爸就開始計畫分財產。阿爸想，大個倈仔毋精鳥[17]，分三分之一就好，第二個倈仔較精，分三分之二。大心臼就問厥老公講：「阿爸考麼个問題？你仰仔講？細叔仰仔講？」厥老公講：「你教偃講『天生天養』，阿爸無滿意，細叔講个，阿爸一笑面喔！」餔娘[18]問係考麼个問題，佢就從頭到尾講一遍，餔娘講：「你考一百分，細叔無分數。偃來去摎阿爸駁[19]。」

---

8 頷頭：音 ngam` teuˇ，點頭同意。
9 拂頭：音 fin teuˇ，搖頭。
10 搵：音 vud`，把東西拗彎。
11 阿腦：音 o´ no`，稱讚、讚賞。
12 河壩脣：音 hoˇ ba sunˇ，河邊。
13 必：音 bid`，裂開。
14 兩析：音 liong` sag`，兩塊，兩半。
15 必壢：音 bid` lag`，裂開成溝狀。
16 緊：音 gin`，一直不停。
17 精鳥：音 jin´diau´，精明、機靈。
18 餔娘：音 bu´ ngiongˇ，妻子。「餔」為申時之食，引申為指妻子。
19 駁：音 bog`，爭辯事理，否定旁人的意見。

講忒，就走去尋厥家官，講：「阿爸，細叔講鵝仔因為毛多，正毋會沉到水肚，該俚尋到一隻大閹雞，摎佢擢[20]到水肚項，看佢會沉落去無？厥个毛也恁多。」家官分佢駁啊去，嗄[21]嘴擘擘[22]仔，想……著[23]喔。第二個問題，心臼又講：「阿爸，你這下背囊[24]恁彎，這毋係生成个？人老仔就會恁樣，無成[25]係千人揾，萬人揾，正恁樣嘿？」阿爸頭腦又轉過來哩！緊頷頭。第三個問題，心臼講：「阿爸，你屎朏[26]著褲無經過風吹日炙，仰會必壢必壢呢？這毋係『天生天養』呢？」阿爸又講：「著啊！有影。」心臼講：「故所[27]，考一百分个係吾老公。」

結果，大倈仔分三分之二財產，第二個倈仔分三分之一財產。

華語 什麼人頭腦較好

有一個老人家，有兩個兒子，因為他年紀大了，所以想把財產分給兒子。但是要怎麼分才算公平呢？他想到一個辦法，用考試，看誰比較聰明，就分得多，才守得住；較笨的分得少，怕他不會守財。

有一天，天氣很好，爸爸把兩個兒子叫到身邊說：「爸爸要把財產分給你們，為了公平起見，要用考試。」兒子問：「要怎麼考呢？」爸爸說：「帶你們出去走走看看。」雖然大兒子比較笨，二兒

20 擢：音 vog`，丟擲、用力丟出去。
21 嗄：音 sa，反而。
22 嘴擘擘：音 zoi bag` bag`，形容嘴巴張開的樣子。
23 著：音 cog，正確的、對的。
24 背囊：音 boi nongˇ，背部。
25 無成：音 moˇ sangˇ，加強反問語氣的副詞，即莫非、難道的意思。
26 屎朏：音 sii vud`，屁股。
27 故所：音 gu so`，所以。

子比較聰明，但是大媳婦非常精明，她教丈夫：「無論爸爸問你什麼問題，你都回答『天生天養』。知道嗎？」他說：「好。」父子三人就一同出門去了。

來到一個池塘邊，看到一隻鵝在水面上游來游去。爸爸就問大兒子：「那隻鵝在水面上漂來漂去，怎麼不會沉下去呢？」大兒子回答：「天生天養。」爸爸聽了不甚滿意。又問二兒子，他說：「因為毛多。」爸爸點點頭說：「嗯，有道理。」

又向前走，來到一棵形體彎彎的大樹下，爸爸又問大兒子：「樹身為什麼長得彎彎的？」大兒子回答：「天生天養。」爸爸聽了又搖搖頭。二兒子回：「千人拗，萬人拗，拗到彎彎。」爸爸很滿意的誇獎二兒子的聰明。

後來，三人來到河邊，看到一個大石頭上有一道道的裂痕。爸爸問大兒子是什麼原因造成的？大兒子又回答「天生天養」。爸爸聽了非常生氣，覺得這個兒子實在不足取，只會說「天生天養」，其他什麼都不會。爸爸又問二兒子，他說：「風吹日炙才會裂成這樣。」爸爸聽了又猛點頭讚許。

回到家，爸爸心裡做了決定，大兒子笨，只分給他三分之一的財產，二兒子聰明，分給他三分之二的財產。大媳婦問丈夫：「爸爸考了哪些問題？你怎麼回答？小叔怎麼回答？」大兒子對妻子說：「妳教我講的『天生天養』，爸爸不滿意，弟弟回答的爸爸很稱許。」大兒子把經過詳細的跟妻子說了一遍。妻子聽了很興奮的說：「你考一百分，小叔不如你，我去跟爸爸講道理。」

大媳婦跟公公說：「爸爸，小叔說鵝因為毛多才不會沉到水底，那麼我找一隻大閹雞，把牠丟到水裡，看看牠會不會沉下去？」爸爸聽了啞口無言。媳婦又說：「爸爸的背駝了，這不是天生的？是因年紀大了才會駝背，難道是因『千人拗，萬人拗』才造成的駝背？」爸爸聽了很贊同媳婦的說法。媳婦又說：「爸爸的屁股穿著褲子，並沒有經過風吹日曬，怎麼也會有裂痕呢？難道這不是『天生天養』，自然生成的嗎？」爸爸也同意媳婦的說法。媳婦急忙說：「所以，考一百分的是我丈夫才對。」

結果，爸爸改變主意，把三分之二的財產分給大兒子，三分之一分給小兒子。

前人寫家書

客語 頭擺个人寫信轉屋家

頭擺个人，假使屋家無頭路好做，討著餔娘，爺哀[1]又盡老在屋家，就愛出外背謀生。有一儕人，在外背做頭路，當想屋家，又走毋得，無電話，想愛寫信仔，又毋曉得仰仔寫。佢愛走該下，屋家个門牌，硬練又寫毋正，刻耐仔[2]就恁泥練起來帶等去。

做一個月哩喲，還係毋曉得寫信仔，就用畫圖。送信仔[3]送到屋家，厥爺哀盡暢，遽遽同佢接到來，看到這係倈仔寫个信仔，遽遽喊厥心臼來唸：「遽遽啊，倈仔寫信轉來咧，遽遽來看。」一打開來看，無半個字，全部用畫圖。

第一個圖，畫一個月光，一枝竹仔尖尖，摎一皮樹葉圓圓，用該竹仔刺等；較下兜仔，就畫一條河壩，河壩有水，還過有倆老在該企等看水；過較下兜，有一枝擔竿放等。又過較下兜，有一條羊仔，下兜又畫兩條羊仔，加一個龜仔；龜仔下背又畫一個脆仔[4]。倆老心肝當急，倈仔走恁久，家書抵萬金。佢講：「遽遽哪，讀來聽。」心臼講：「等一下哪，𠊎試看仔佢寫麼个。」

---

1 爺哀：音 iaˇ oi´，父親和母親。

2 刻耐仔：音 kad`ngai e`，形容事情艱難刻苦，十分不容易。

3 送信仔：音 sung xin e`，郵差。

4 脆仔：音 ce´ e`，鈸，為周邊扁平而中央凸起的圓銅片。兩片相擊便可發出渾厚的聲音。在戲曲、民間歌謠及樂隊中普遍應用。

看忒信仔，正講：「𠊎知吔，阿爸阿母，若个俫仔，吾老公，走去一個月咧，心肝斯像竹仔刺等。」爺哀聽到，目汁雙流，偲裡屋家恁苦，正會走去恁遠賺錢。緊看下背：

「這又麼个？河壩、擔竿咧？」

「𠊎同你講哪，爺哀想子，斯長江水。子想爺哀，擔竿長哪！」

「喲！該毋知幾時會轉咧？」

「𠊎緊看。」

「頭羊（陽）無轉，第二羊（陽）正有龜，正會轉。」

「該盡下背有兩個脆仔，又係麼个？」

「該𠊎倆公婆个事情，講不得。」

「該有麼个講不得咧？」

「佢係轉來，倆儕斯有好『脆』。」

華語 前人寫家書

從前的人，在家沒工作可做，無法養家活口，就得出外打拼謀生。然而，在外做事，常會思念家人，當時沒有電話，只得寫信，但信又不會寫。當要離家之時，把家裡門牌，硬是練好，雖字不正，也只能勉強地記下，帶著離開。

出外一個月了，還是不會寫信，只好畫圖。郵差送信到家，父母非常高興，很快接過，看到這是兒子的信，很快喊媳婦來讀信。「快快來，兒子寫信回家了，趕快打開來看。」打開一看，竟然沒有半個字，全部都是圖案。

第一個圖，畫了一個月亮，又畫了一枝竹子，削得尖尖的，插在圓圓的樹葉上；往下些，畫了一條河流，河內有水，還有一對老夫婦站在河邊盯著河水在流；又往下些，有一根扁擔放著；再往下些，畫了一頭羊，羊下又畫了兩頭羊，加上一個烏龜，烏龜下方又畫了鈸。老夫妻心頭焦急，孩子離家這麼久，這真是家書抵萬金。他說：「快點，念來聽聽。」媳婦說：「等一等，讓我看看他到底寫了什麼？」

看完信，才說：「我知道了，爸爸媽媽，你的兒子，我的丈夫，離家有一個月了，用一個月亮來表示。竹子刺在圓樹葉上，表示心情沉痛。」爹娘聽了，淚流滿面，正因家中貧困，他才離家出門去賺錢。再看下面寫什麼？

「這是什麼意思，河流、扁擔代表什麼？」

「我跟你說，河流表示父母思念孩子，恰似長江水流。扁擔表示孩子思念父母，有如扁擔長。」

「不知何時會回家呢？」

「我再看看吧！」

「頭羊（陽）（即九月九日）沒回家，第二隻羊（即九月十九日）下方有隻烏龜（歸），表示二羊（陽）會回家。」

「那麼下方有鈸，表示什麼呢？」

「那是我們夫妻的事情，不能說。」

「有什麼不能說呢？」

「他若回來，夫妻有得『脆』。」

酒令

客語 酒令

有一擺，在一場酒席當中，恁堵好有一个讀書郎、煮食个師傅，摎一對賣粄仔兩公婆同桌共下食飯。在酒過三巡个時節，讀書人想愛展[1]自家个才學，喊大家用自家个身分做一个酒令來搞生趣。假使講毋出个人，自家愛罰一杯酒。大家講好，表示同意。

讀書郎當有興頭[2]，搶先講：

一隻墨盤四角又四方，墨盤放在桌中央。
一枝筆仔碌碌轉，寫盡天下好文章。

煮食个聽到，不甘願輸人，就接等講：

一隻灶頭四角又四方，鑊頭放在灶中央。
一支鑊鏟碌碌轉，煮盡幾多好菜湯。

大家阿腦講當好。

輪到賣粄仔个，佢頭那磬磬，想當久，還係毋知愛講麼个。讀書

1　展：音 dien`，炫耀、賣弄。
2　興頭：音 him teuˇ，興致勃勃。

郎準備喊佢罰酒个時節，厥餔娘靈感一來，就講出：

一棟礱間[3]四角又四方，磨石放在間中央。
吾个老公一支磨勾碌碌轉，磨盡幾多白粄漿。

講到合情又合理，還話中有話，大家聽到面紅濟炸[4]，共下敬一杯酒。

華語 酒令

有一回，在一場酒席當中，剛好有一個讀書郎、廚師，與一對賣粄的夫妻同桌共食。酒過三巡後，讀書人想要賣弄自家的才學，叫大家用自己的職業做一個酒令來助興。若說不出的人，自己要罰一杯酒。大家說好，表示同意。

一隻墨盤四角又四方，墨盤放在桌中央。
一枝筆仔碌碌轉，寫盡天下好文章。

讀書郎興致勃勃，搶先說道。

一只爐灶四角又四方，鑊頭放在灶中央。
一支鑊鏟碌碌轉，煮盡幾多好菜湯。

3　礱間：音 lungˇgienˊ，精米的場所。
4　面紅濟炸：音 mien fungˇ ji za，面紅耳赤。

廚師聽到，不甘示弱，接著說道。大家讚賞道好。

輪到賣粄仔的，他低頭苦思良久，還是不知道要說什麼。正當讀書郎準備喊起罰酒的那一刻，他的妻子靈感一來，就說：

一棟礱間四角又四方，磨石放在間中央。

我的老公一支磨勾磟磟轉，磨盡多少白粄漿。

說得合情又合理，而且語帶玄機，大家聽到面紅耳赤，一起乾一杯酒。

三個聰明的媳婦

客語 三個精明个心臼

頭擺，有一儕人降三個俫仔，討三個心臼。三個心臼在屋家，俫仔出外做頭路。三姊嫂[1]感情當好，暗晡頭共下睡。因為三姊嫂當會理家，毋使請教家官，家官試著自家分人冷落，有時會偷聽佢兜講話，試看做得聽到佢兜仰般處理事情無。

有一日暗晡，家官看到心臼間肚[2]火光光[3]，就囥窗仔下背偷聽，心臼知著，就挑事講笑鬧佢。

大心臼講：「貓仔行路腳步輕。」

第二心臼接等講：「樓頂老鼠佢毋去捉。」

第三心臼盡後講：「專到壁背來偷聽。」

家官聽了當火大，第二日就去官府告狀，講厥心臼，對佢「指牛罵馬[4]」。大老爺就出調單，調三姊嫂去問話。

佢兜解釋講：「𠊎裡該時在打嘴鼓，哪知家官在外背，係佢自家想忒多耶！」

太老爺毋信，又聽講佢兜當精，就喊佢兜用門前竹仔做對仔，做仔出來，正做得轉去。大心臼隨口講：

1 姊嫂：音 zii` so`，兄弟的妻子彼此之間的稱呼，即妯娌。

2 間肚：音 gien´ du`，房間內部。

3 火光光：音 fo` gong´ gong´，燈火通明。

4 指牛罵馬：音 zii` ngiuˇ ma ma´，指桑罵槐。

門外千竿竹，家藏萬卷書。

太老爺聽了，跈等喊人摎竹仔倒[5]忒。第二心臼看到，就到兩句對仔尾項加「短」、「長」兩只字：

門外千竿竹短，家藏萬卷書長。

大老爺聽了，就喊人摎竹仔連根刨[6]忒。第三心臼看了，跈等到兩句對仔尾項加「無」、「有」兩只字，變成：

門外千竿竹短無，家藏萬卷書長有。

大老爺聽了，就講：「確實係才，妳兜做得轉去吔！」三個媳婦愛離開个時節，有一個一隻腳正�啊過門檻，轉身反問大老爺：「大老爺，你講𠊎這下愛出也係愛入？」大老爺看佢一腳到門檻底肚，一腳到門檻外背，仰仔講就毋錯，就講：「好啦！一半出一半入啦！算妳沒事啦！」

華語 三個聰明的媳婦

從前，有一個人生了三個兒子，娶了三個媳婦。這三個媳婦都住在家裡，三個兒子外出謀生。妯娌間的相處很融洽，三個人睡同一個房間。由於三個妯娌善理家務，凡事不須詢問公公，公公自覺被冷落，有時會偷聽她們如何處理事情。

5　倒：音 do`，砍。
6　刨：音 pauˇ，挖、掘。

有天晚上，公公看到媳婦房間燈還亮著，就躲在窗下偷聽她們說話，正好被媳婦發現，三個媳婦輪流暗諷公公：「貓兒走路腳步輕」、「樓上老鼠牠不去抓」與「專在壁後來偷聽。」

公公大怒，告到官府，言媳婦指桑罵槐。縣太爺開了調問單，調三位妯娌去問話。媳婦們辯道：「我們當時只是閒聊，哪裡知道公公在門外？是他自己想太多了。」

縣太爺不信，又聽說她們很聰明，命她們以門前竹子作對聯，完成才能離開。

大媳婦隨即答說：

門外千竿竹，家藏萬卷書。

縣太爺一聽，立刻叫人把竹子砍掉。

二媳婦一見，在上下聯後分別加上「短」、「長」二字：

門外千竿竹短，家藏萬卷書長。

縣太爺一聽，又命人將竹子連根挖除。

三媳婦立刻在兩聯之末加上「無」、「有」二字：

門外千竿竹短無，家藏萬卷書長有。

縣太爺難不倒她們，只好說：「確實有才能，妳們可以回去了。」

三個媳婦要離開時，其中一個一腳剛跨過門檻，轉身反問縣太爺：「老爺，您說我現在要出去還是回來？」縣太爺看她一腳在門檻內，一腳在門檻外，自己怎麼回答都不是，祇好說：「好啦！一半出一半進啦！算妳沒事啦！」

才女上梁[1]

客語 才女上梁

頭擺个人，做屋做好，就愛看好時好日「上梁」，地理先生、日課先生、木匠師傅、泥水師傅，這四大師傅就愛共下參加，上仔梁，做得到个人就辦九牲，煮豐沛[2]，打粄圓。有一擺，進梁好了，小工、四大師傅大家共下吃粄圓該時節，走出一隻雞嫲，人一逐就飛到梁仔項啼，主人摎四大師傅看到恁樣个情形，就當毋爽快，有人講：「將就[3]摎梁仔托下來。」頭擺，梁仔係托下來，喊到「倒梁」，師傅講：「做毋得。」該愛仰般呢？愛看過日子來運梁，講好話，就同主人參詳，準備多兜吔紅包，出帖邀請城內有才學个人來，愛辦豐沛，請大家食晝。

到了該日，所有來个就有細紅包，講好話就有大紅包。毋過，酒桌坐淰[4]吔，有才學个人奸來奸去[5]，大家恬恬，等到午時過吔，還盲有人講好話。堵好，上屋鄰舍个孫女，喊主人「叔公」，佢同厥爸參詳，分佢去看下屋阿叔公个「運梁」。厥爸講：「做毋得，細妹人看麼个運梁？愛去分人看吔！」頭擺人做个屋仔，圍牆圍等，結婚个婦人

1　上梁：音 song` liongˇ，將梁木架放上去。建造新屋時，架上主梁。依民間習俗，上梁時，須備妥香燭禮品，祝告祖先、神祇，祈求家宅平安。

2　豐沛：音 pong´ pai，形容酒菜很豐盛貌。

3　將就：音 jiong´ qiu，順勢去做，勉強牽就不滿意的環境或事物。

4　淰：nem´，滿。

5　奸來奸去：音 gien´ loiˇ gien´ hi，形容互相推諉、不願接受的樣子。

家做毋得儘採[6]出大門，細妹人十六歲以後乜做毋得儘採出大門。但係分佢緊講，緊要求，背尾，就分佢去。

這個孫女安到蘇氏女，一到下屋，看到盲食晝，就講：「恁晝仔盲食，好食晝吔！」有一个人客講：「盲有人講好話，哪有好食晝？哪有好啉酒？」蘇氏女就講：「恁多人仰毋講，無成恁多人毋會講？」有人聽到就講：「你會講，你講呀！」蘇氏女講：「偃係細妹仔，講得無？愛問吾叔公。」厥叔公就講：「做得，你講。」蘇氏女就行到正廳中央，講：

叔公做屋入大廳，雞嫲啼出鳳凰聲；
買田買盡蘇州府，做官做在北京城。

厥叔公講：「紙炮仔拿來打，菜好出咧，敬梁个一千八百兩銀愛分講好話个人得去。」就喊做工个人將一千八百兩銀扛上來，全部送分厥鄰舍个孫女——蘇氏女。

華語 才女上梁

以前的人，新蓋好房子要選良辰吉日「上梁」，地理先生、堪輿先生、土木師父、水電師父四位大師都要一起參與。經濟條件較好的人家，會準備豐盛的牲禮，及好吃的湯圓。有一回，上好梁，幫忙的小工、四位大師大家一起吃湯圓時，突然跑來一隻母雞，母雞被人一趕，跑到梁柱頂上。主人和四位大師看到這樣的景象，心中非常不

6　儘採：音 qin` cai`，原意為請示對方的意見，如恭請裁奪、請示聖裁，後簡稱為請裁，本為尊重對方之意，引申而有隨意、隨便之意。

悅。有人提議，乾脆把梁柱卸下來。以前人叫做「倒梁」，師父們認為這樣不成。但是，要如何是好呢？最後決定重新找個好日子來「運梁」，說些吉利的話，主人準備大大小小紅包，邀請城內有才學的人蒞臨，並準備豐盛的筵席宴請大家。

當天，所有到場的人都可以得到主人的小紅包，說吉祥話的人可以得到主人的大紅包。但是酒席都坐滿了，那些才學之士卻相互推辭，沒有人敢說，大家都靜悄悄的。午時過了，還是沒人開口說吉祥話。正好，主人的鄰居有個孫女，稱這個主人為叔公，她要求爸爸讓她跟去看叔公家的「運梁」，但是爸爸不答應，說：「女孩子家看什麼運梁？只有讓人瞧的份啦！」從前的人，房子外圍用圍牆圍著，已婚婦女不能隨便出大門，滿十六歲的少女也不能隨便邁出大門。爸爸經不起她一再的要求，只好答應讓她去參加叔公的運梁盛宴。

這個孫女叫做蘇氏女，她一到叔公家，看到大家還沒用餐，就說：「已經過午了，怎麼還沒開始用餐呢？可以開動了啦！」有位在座的客人說：「都還沒有人說吉祥話，哪有飯吃？哪來的酒喝呢？」蘇氏女就說：「你們這麼多人，怎麼都不說呢？難道在座的各位都不會說吉祥話嗎？」有人回應：「妳會說嗎？妳說呀！」她說：「我是女孩子，可以說嗎？要問我叔公。」叔公說：「可以呀！妳說說看。」她就走到正廳中間，說：

叔公蓋房入大廳，母雞啼出鳳凰聲，
買屋買盡蘇州府，做官做在北京城。

叔公聽了連忙說：「放鞭炮！放鞭炮！趕快出菜！敬梁的一千八百兩銀子，要送給說吉利話的人。」就叫工人把銀子扛上來，全送給了他鄰居的孫女——蘇氏女。

用嘴說的要算錢

客語 用嘴講个愛算錢

頭擺，有一個算命先生，安到張鐵嘴。佢哪仔就去摎人算命騙錢，一開始受騙个人一多，時間一久，大家知佢靠一張嘴絡食，就無人尋佢算命吔。張鐵嘴無奈何，就去莊下騙錢絡食[1]。

有一日，張鐵嘴到莊下行到一身大汗，㾀[2]到會死，還盲尋著有人愛算命个，身上又無半點錢，肚屎已經枵到會變背囊。突然間，看到一間新屋，佢非常个暢，遽遽行入去。

屋底肚單淨一儕人在該，張鐵嘴想，佢一定係有錢人，故所當親切去打招呼，又詳詳細細看佢一遍，嘴項唸唸唸唸講：「好相貌！好相貌！唉！美中不足个係，有財富，無……。」講到這，佢就毋講吔，想等屋主催講時節，正來敲佢一筆錢。無想到，眼前這儕人，係掌屋个長年，哪敲仔著錢。

這長年看算命先生在該唠雞胲，就挑事問佢：「你看吾命值幾多錢？」

張鐵嘴馬上講：「若命當好，毋過，無二兩銀仔，毋會同你算……。」

長年心肚在該偷偷仔笑，講：「你就算啊！偃一定會好好答謝

1　絡食：音 log` siid，討生活。

2　㾀：音 kioi，累、疲勞之意。

你。當晝你就在這食飯，無麼个菜好招待，毋過，會有一隻雞仔、炒一盤魷魚仔、滷一鑊豬腳……。」總共講了十過種[3]个菜，撐算命先生个口涎水[4]都餳[5]出來了。

張鐵嘴想著有恁好个待遇，哪敢怠慢，馬上講吔當多好話，好好奉承長年一番。毋過，過吔當晝，長工還係盲請佢食晝。張鐵嘴枵到頭暈腦疺[6]。無法度，就告辭。結果長年也毋留佢，也毋送佢，張鐵嘴心肚項當急，就面肥肥仔[7]講：「吾算命錢呢？」長年就講：「係喲！算一下仔就愛錢，吾當晝个酒菜錢，差毋多十兩銀仔，扣忒愛分你二兩銀仔，你還欠偃八兩銀仔。」

張鐵嘴面梆梆[8]講：「你又無辦酒菜，總係嘴講，仰要算錢？」長年堵啊去：「你算命係靠一張嘴講，你愛算錢，無成偃講个就毋使算錢哪？」張鐵嘴啞口無言，無法度，就頭犁犁仔行等走吔。

華語 用嘴說的要算錢

從前，有一個算命先生，叫做張鐵嘴。他到處找人算命騙錢，一開始受騙的人非常多，時間一久，大家知道他靠一張嘴討生活，就不再找他算命。張鐵嘴眼看著無法維生，就到鄉下另謀出路。

有一日，張鐵嘴在鄉下走到一身大汗，累得要命，還沒遇到要算命的人，又身無分文，肚子已經餓得前胸貼後背。突然間，看到一間新屋，他非常開心，趕緊走進去。

3　十過種：音 siib go zung`，十幾種。

4　口涎水：heu` lan´ sui`，唾液、口水。

5　餳：音 xiangˇ，招致、吸引。

6　頭暈腦疺：音 teuˇ hinˇ no` bien`，形容頭昏腦脹、暈頭轉向的樣子。

7　面肥肥仔：音 miem piˇpiˇeˇ，形容厚著臉皮。

8　面梆梆：音 miem bang´bang´，形容緊繃著臉。

屋裡只有一個人在那裡，張鐵嘴心想他一定是有錢人，所以非常親切去打招呼，又仔仔細細將他端詳一遍，嘴裡唸唸有詞說道：「好相貌！好相貌！唉！美中不足的是，有財富，無⋯⋯。」說到這，他就不說了，想等屋主催講時，再來敲詐他一筆錢。沒想到，眼前這一位，是看守家中門戶的長工，怎麼可能騙得到錢。

這長工看算命先生在那吹牛，就故意問他：「你看我命值多少錢？」

張鐵嘴馬上講：「你命很好，不過，沒二兩銀子，不會幫你算⋯⋯。」

長工心裡竊笑，說：「你就算啊！我一定會好好答謝你。中午你就在這吃飯，沒什麼菜好招待，不過，會有一隻雞、炒一盤魷魚仔、滷一鑊豬腳⋯⋯。」一共講了十幾種佳餚，讓算命先生垂涎三尺。

張鐵嘴想著有如此好的待遇，不敢怠慢，馬上說了很多吉祥話，好好奉承長工一番。不過，過了中午，長工還是沒有請他吃午餐。張鐵嘴餓到頭昏腦脹，沒辦法，只好告辭。結果長工既沒挽留他，也不送他，張鐵嘴心裡焦急，就厚著臉皮問：「我的算命錢呢？」長工就說：「是喲！算一下就要錢，我中午的酒菜錢，差不多十兩銀子，扣完要分你的二兩銀子，你還欠我八兩銀子。」

張鐵嘴繃緊著臉說道：「你又沒辦酒菜，只用嘴說，為何要算錢？」長工堵回去：「你算命也靠一張嘴說，你要算錢，難不成我說的就不用算錢嗎？」張鐵嘴啞口無言，無計可施，只好垂頭喪氣地離開了。

做長工不要到東勢的葉屋

客語 做長年毋好到東勢个葉屋

頭擺，東勢葉屋請个長年，出來後斯交代講：「記得，記得，下二擺[1]你兜做工，毋好到東勢葉屋，一等嚴。」仰般會恁樣講？朝晨頭雞啼就出門，半夜正入屋；做了三年个長年工，毋知戴个係茅屋抑係瓦屋。

頭家係有摞到半斤四兩豬肉，請到滿堂个子叔[2]，長年哪有好食。一盤魚仔像牙刺樣仔，無肉還專門骨頭；一碗糟嫲[3]好得該紅麴，無斯實在看毋得；一碗蕹菜[4]，打幫[5]鹽水食漉。年節較豐沛一息仔，長年頭喊挾傍[6]，正敢挾來食，頭家斯緊躡目[7]。

罯察頭家請个長年頭盡適當，頭家盡信用佢。年節到了，喊長年頭去拜伯公，自家走去伯公背囥等，聽該長年頭拜伯公仰般請。

長年頭講：

伯公伯婆，今晡日頭家無閒，侄代理來拜，無麼个用閹雞並大

1　下二擺：音 ha ngi bai`，下一次。
2　子叔：音 zii` sug`，叔父與姪輩。
3　糟嫲：音 zo´ ma˘，釀酒時所用的麴。
4　蕹菜：音 vung coi，空心菜。
5　打幫：音 da` bong´，幸好。
6　傍：bong`，拌合而食、配食。
7　躡目：音 ngiab` mug`，眨眼。

鵝，保佑偓頭家个禾仔，上坵吊[8]、下坵吊，偓兜長年月仔正有好尞。

頭家聽到，當譴，走下出來，對長年頭講：「你講麼个啊？」

長年頭講：「毋係啦！偓講

保佑頭家个禾仔，上坵黃、下坵黃，長年月仔正有好年冬。

華語 做長工不要到東勢的葉屋

從前，東勢葉家請的長工，離職後交代說：「記住，記住，下次你們要找工作時，千萬不要到東勢葉家，非常地嚴格苛刻。」為什麼會這麼說呢？因為東勢葉家的工人早上公雞啼就要出門，半夜才回到家；做了三年的長工，根本不知道自己住的是茅屋還是瓦屋。

雇主如果哪天買了半斤豬肉，卻請來滿屋子的親戚，哪裡輪得到長工享用？一盤魚像牙籤般大小，沒有肉，全都是骨頭；一碗紅糟，幸好有紅麴，不然實在難看；一碗空心菜，就只靠鹽水混合著吃，才勉強有些味道。逢年過節菜色稍微豐盛些，領頭的長工叫大家挾菜吃，大家才敢挾菜來吃，雇主便開始使眼色，一副心不甘情不願的樣子。

雇主請了一個非常盡責的長工，非常信任他。有一回，節慶到了，就要那位長工去拜土地公。自己則藏在土地公背後，想聽聽看長工拜土地公時，到底怎麼說。

8　上坵吊：音 song kiu´diau，指上方的田長不好。

長工說：

土地公土地婆，今天雇主沒空，要我代他來拜拜，沒什麼準備，只有閹雞和大鵝。希望您能保佑雇主的稻子，四處都落果沒有收成。

雇主聽了，氣沖沖地跑出來對長工說：「你在說什麼啊？」
長工說：「不是啦！我說請土地公

保佑您的稻子，四處都是成熟的金黃色，讓我們大家都有個豐收的一年。

新長工和老長工

客語 新長年[1]同老長年

頭擺，有一个新長年來尋頭路做。堵堵好[2]愛割禾，頭家就喊老長年去拜喏[3]，又喊新長年去聽佢仰般講，老長年看著新長年，就偷偷啊講：「啊！這擺長年啊！會無好分偲作咧。」老長年接等講：

> 剛一隻雞仔，尾吊吊；打一罐酒，像牛尿；上坧吊，下坧吊，長年較有好尞。

轉去，頭家就問新長年：「你有聽到老長年講麼个無？」

佢講：「有哦！」

頭家問：「仰般講？」

新長年就講畀[4]聽。

頭家講：「唉哦！恁夭壽！」等到老長年拜喏轉來，問佢：「某人，你有同伯公伯婆講麼个？」

佢講：「有啊！偃講：

---

1 長年：音 congˇ ngienˇ，即長工，指舊時被人長期雇用的工人。

2 堵堵好：音 du` du` ho`，正好、剛剛好。

3 拜喏：音 bai ia´，一種供神的儀式，拜拜、拜神之意。

4 畀：音 bi`，此為「分佢（bun´ giˇ 四縣腔）」一詞合音而產生，其義為「給他」。聲調也因合音產生53新調。

伯公伯婆，吾頭家今晡日割禾，㓾一隻雞仔，真大騾；打一罐酒，像蜂糖；上坵黃，下坵黃，老穀盲食忒，新穀又入倉。

頭家聽了，就阿腦老長年，講：「恁好聽个話，做麼新長年講恁無好聽。」

臨尾，頭家就將新長年辭忒，無愛畀做咧。

老長年講：「唉哉！好得吾口才恁好。」

華語 新長工和老長工

從前，有一個新長工來向地主應徵工作。剛好要收割稻穀，地主就叫老長工去拜拜，又叫新長工去聽這老長工怎麼說。老長工看到新長工就偷偷的說：「啊！今年的長工輪不到我們做了！」老長工接著說：

殺一隻雞，尾翹翹；打一罐酒，像牛尿；往上丘吊，下方丘吊，長工才有得娛樂。

回去，地主就問新長工：「你有聽到老長工說什麼嗎？」

他說：「有哦！」

地主問：「說什麼呢？」

新長工就照實說給地主聽。

地主說：「唉唷！這麼夭壽！」等到老長工拜拜回來，問他：「某某人，你有向土地公土地婆說什麼嗎？」他說：「有啊！我說：

土地公土地婆，我老闆今日割稻，殺一隻雞，真大隻；打一罐酒，像蜜糖；上方田熟，下方田熟，舊穀吃不完，新穀又入倉。

老闆聽了，就誇讚老長工，說：「這麼好聽的話，怎麼新長工說得這麼難聽。」

後來，老闆就把新長工辭掉，不讓他做了。

老長工就說：「唉哉！幸好我的口才這麼好。」

老丈人的壽禮

客語 丈人老个壽禮

頭擺，有一個當發[1]个人，安到張阿源。佢有三個妹仔，兩個嫁分有錢个婿郎，一個嫁分窮苦介婿郎。

有一擺，張阿源過六十一歲个生日，該兩個當發个婿郎準備剛豬、剛羊來摎丈人老祝壽，好展佢兜當發，順續[2]打落[3]這個窮苦个姨丈，講：「丈人老天光日愛做生日，你愛拿麼个分老人家祝壽啊？」窮婿郎屋下除忒黃蚻[4]、老鼠，麼个乜無。想到其他兩個姨丈準備恁澎湃个牲儀[5]，自家煞無半仙，就倒到眠床頂，佇該愁。嗙[6]等煙，自家在該敨大氣[7]。

該央時，屋梁項堵堵好有一條大老鼠行過去，佢就拿支棍仔摎拒掐[8]下來，這條大老鼠就對屋梁項跌下來，分窮婿郎捉到。佢想，

1　當發：音 dong´ bod`，富有、富裕之意。

2　順續：音 sun sa，順便、順道。

3　打落：音 da`log，鄙視、數落。

4　黃蚻：音 vongˇ cad，僅四縣用，海陸為「蜞蚻」，指蟑螂。頭小，身體扁平有長絲狀觸角。腳粗有刺，後翅呈薄膜狀，折疊藏在前翅下。繁殖迅速，會咬壞衣物、食品，是家居的大害蟲。

5　牲儀：音 sen´ ngiˇ，指用來祭祀的牲口，如：牛、羊、豬等。

6　嗙：音 bog，吸煙的動作。

7　敨大氣：teu` tai hi，嘆氣。

8　掐：音 mag，以棍棒擊打。

這下妥當哩！等下摎你剛忒，分丈人佬祝壽。佢先暖一鑊燒水，正[9]到田脣个圳溝剛忒這隻老鼠。

無想到，這個剝忒毛个老鼠，尾翹翹，目珠金金，阿孌靚哩！剛好了，窮婿郎就用盆仔裝起來，準備愛轉。行過圳溝脣[10]，看到一尾湖鰍仔[11]，差毋多四、五斤重，就摎佢捉起來。佢想，這下還較妥當哩！有兩項牲儀哩！接等又在該田脣[12]下背，拈到七、八斤重个大田螺，這下還較毋使愁哩！窮婿郎有三項東西做得湊一付牲儀，天光早晨做得當沙鼻[13]去丈人老屋下祝壽哩！

張阿源大壽該日，做得講貴客迎門。有錢个婿郎剛豬羊，八音震天，十分鬧熱！窮婿郎單淨有簡單个牲儀，一條老鼠、一條湖鰍仔，還有一隻田螺，有兜仔敗勢。但係，大家平常時看過大場面，顛倒對豬羊無麼个興趣，全部圍過來看這付特別个牲儀，一條大老鼠尾翹翹，還有湖鰍仔摎田螺。大家毋識看過恁大个老鼠、湖鰍仔摎田螺，全部翹起手指公，試著當生趣。

食飽飯，丈人佬拿出一隻銀做个人，目珠金金企到該位。接等拿一隻面盆，底背裝兜仔蒜頭、一支扇仔，對三個婿郎講：「你兜三儕，麼人做得用這為題，對出四句聯，這三百六十龍銀就送分佢作獎賞。」該兩個有錢个婿郎，想想仔，還係放棄哩！

臨尾，窮苦个婿郎主動講：「分偃試看哩！」大家疑狐[14]看等佢，想講佢係一个粗人，定著[15]無法度。無想到，佢行前拿等扇仔，敲等

9 正：音 zang，再。

10 圳溝脣：音 zun gieu´ sunˇ，水溝旁。

11 湖鰍仔：音 fuˇ qiu´ e`，泥鰍。

12 田脣：音 tienˇ sunˇ，田邊。北部四縣腔指「田埂」。

13 沙鼻：音 saˇpi，得意驕傲的樣子。

14 疑狐：音 ngiˇ fuˇ：懷疑。

15 定著：音 tin cog，一定。

蒜頭講：

> 這銀人目珠金金，目金錢作人，人啊！食毋窮，著毋窮，打算毋著一世窮。

續等對：

> 人落地命註定，人生有錢無錢天註定，鼠在棟樑，一棍揢到，跌落地場，一杓滾水，浪燙清湯，去到江河，剖肚流腸，一條金鰍，一粒金螺，叩首再叩首。

窮婿郎就順利得到這份獎金，厥个學問乜受到大家个肯定摎欽服。

轉去以後，窮婿郎拿兜錢去買一坵田來耕種，因為佢做事當煞猛，背尾變到當豐湧。

華語 老丈人的壽禮

從前，有一個很富裕的人，名叫張阿源。他有三個女兒，兩個嫁給有錢的女婿，一個嫁給窮女婿。

有一回，張阿源要過六十一歲生日，兩個富有的婿郎準備殺豬宰羊來為老丈人祝壽，以誇耀他們的闊氣與富有，順便數落這個窮苦的姨丈，說：「老丈人明天要過生日，你要準備什麼替老人家祝壽啊？」窮女婿郎家裡除了蟑螂、老鼠，什麼也沒有。想到其他兩個姨丈準備這麼豐盛的牲禮，自家卻沒半毛錢，只好臥在床上，苦惱著，抽著菸斗，獨自一人嘆氣。

這時，屋梁上正好有一隻大老鼠經過，他就拿了支棍子把牠打下來。這隻大老鼠從屋梁上掉下來，被窮女婿捉到，他心想，這下妥當了！等下把你殺了，送給老丈人祝壽。於是，他先燒一鍋熱水，再到田邊的水溝旁殺這隻老鼠。

沒想到，拔光毛皮的老鼠，尾巴翹翹，眼睛閃閃發亮，還蠻漂亮的！後來，這個窮婿郎把殺好的老鼠裝進盆子裡，準備要回家。經過水溝旁，看到一尾泥鰍，大約四、五斤重，就把牠捉起來。他想，這下更妥當了！有兩樣牲禮了！接著，又在田埂下，撿了一個七、八斤重的大田螺，這下可不用愁了！窮女婿有三樣東西可以湊成一付牲禮，明天早上可以風風光光去丈人家拜壽了！

張阿源大壽那天，可說是貴客迎門。有錢的女婿殺豬宰羊，八音震天，十分熱鬧！窮女婿郎只有簡單的牲禮，一隻老鼠、一隻泥鰍，外加一隻田螺，實在有點難為情。但是，大家平時看慣了大場面，反而對豬羊沒什麼興趣，全部圍過來看這副奇特的牲禮，一隻尾巴翹翹的大老鼠，還有泥鰍與田螺。大夥兒從未見過這麼大的老鼠、泥鰍與田螺，皆豎起大拇指，嘖嘖稱奇。

宴客完後，老丈人拿出一個銀製的人，眼睛閃閃地立在那裡，並拿出一個臉盆，裡面裝了些蒜頭、一支扇子，對著三個女婿說：「你們三位，誰能用這為題，對出四句聯，這三百六十龍銀就送給他當獎賞。」那兩個有錢的女婿想了想，還是放棄了。

最後，窮苦的女婿自告奮勇地說：「我來試試看吧！」眾人懷疑地看著他，都認為他是一個粗人，一定無法辦到。沒想到，他上前拿起扇子，敲打著蒜頭便說：

> 這銀人眼睛金金，目金錢作人，人啊！吃不窮，穿不窮，打算不對一世窮。

並對曰：

> 人落地命註定，人生有錢沒錢天註定，鼠在棟樑，一棍打到，跌落地場，一杓滾水，浪燙清湯，去到江河，剖肚流腸，一條金鰍，一粒金螺，叩首再叩首。

於是這個窮女婿就順利獲得這份獎金，他的學問也讓在場的瞠目結舌，刮目相看。

回去之後，窮女婿拿了些錢去買一塊田來耕作，由於他工作勤勞，後來成為大富大貴人家呢！

傻子讓人請客

客語 戇仔分人請

頭擺，有一介戇仔愛去分人請。出發前，厥母摎佢講：「人家做滿月，去到毋好濫糝[1]講哦！」戇仔講：「好啦！」去到該位，人家無歡迎，講：「你莫來，你莫來！」佢講：「偃愛來分你請，毋會濫糝講啦！」人家就分佢入去了。

食飽飯，愛走个時節講：「偃無講麼个哦！若細人係死忒，毋好賴偃哦！」害該主人譴到無命咧。

華語 傻子讓人請客

從前，有一個傻子要去給人請客。出發前，他母親事先告訴他：「人家做滿月，你去到不要隨便亂說話哦！」傻子說：「好。」到了那人家，人家不歡迎他，說：「你別來，你別來！」他說：「我要來給你請客，絕對不會亂說話啦！」於是人家就讓他進去了。

吃飽飯，他臨走時候說：「我都沒有說什麼哦！如果你的小孩死了，可別賴我哦！」害得那家主人氣得半死。

1　濫糝：音 lam` sam`，胡搞、亂來。

二　娱人笑話

吹嗩吶的像我阿公

客語 歕[1]笛仔个像吾公

傳統个客家莊，過新年个時節，大街小巷會歕笛仔摎打鑼鼓。

有一擺，一個歕笛仔个跈等鑼聲，嘴角仔一下仔大，一下仔攝細。有一個四、五歲个細人仔，在脣口緊看，看著口涎水緊跌，看當久哦！

該隻歕笛仔个老阿伯，就問該細人：「細阿倈，你做麼緊看𠊎？」

細人講：「係唷！𠊎緊看你哦，你緊像吾公哦！」

老阿伯聽到細人仔講佢像厥公，就當歡喜，㧡㧡厥頭拿，就講：「恁泥呀？𠊎哪位[2]像若公哩？」

細人講：「哎哦！你歕笛仔个時節，若个嘴角哦！會浛會大，還像吾公个核卵哦！」

逐个聽到就笑著會死。

1　歕：音 punˇ，吹。
2　哪位：音 nai vi，哪裡。

華語 吹噴吶的像我阿公

傳統的客家庄，過新年的時候，大街小巷會吹嗩吶與打鑼鼓，宣示新年到來。

有一次，有一位吹嗩吶的跟著鑼聲吹奏，腮幫子一下脹大，一下又縮小。有一個四、五歲的小孩，在旁邊一直看，看得口水直流，看得非常久。

那位吹嗩吶的老伯伯就問那小孩：「小弟弟，你為什麼一直看我呢？」

小孩說：「對啊！我一直在看你，你越看越像我阿公哦！」

老伯聽到小孩說他很像他阿公，心裡非常開心，摸了摸他的頭，問他：「這樣子啊？那我哪個地方長得像你阿公呢？」

小孩說：「唉呀！你吹嗩吶的時候，兩個腮幫子會扁又會鼓，很像我阿公的陰囊啊！」

每個聽到的人都笑得要命。

移出、屎出

客語 徙出、屎出

頭擺，偬客人討一個河洛人做餔娘。因為語言毋會通，正發生這件生趣个事情。

頭擺，係睡老式个紅眠床，婦人家睡底肚，男仔人睡外背。有一日半夜，婦人家肚屎痛，同厥老公講：「屎出！屎出！」因為婦人家不會講客話，就緊用河洛話講「屎出」。

厥老公就講：「唉哉，徙出！徙出！緊徙緊出，歸暗晡徙到佢會跌到眠床下背，妳還緊講『徙出』！『徙出』！」

到尾正知，佢講个係「屎出」。客話「徙」摎河洛話「屎」音正差一息仔！

華語 移出、屎出

從前，我們客家人娶了一個閩南人為妻，因為語言不通，鬧了這個笑話。

從前，是睡老式的紅眠床，婦人家睡床的內側，丈夫睡外側。有一天半夜，婦人家腹痛，跟丈夫說：「屎出！屎出！」因為婦人家不會說客語，就一直用閩南話說「屎出」。

丈夫說：「唉呀，移出！移出！越移越出來，整晚一直移，我都快要摔到床底下了，妳還一直說『移出』！『移出』！」

後來才知，妻子說的是「屎出」。客語的「移」，和閩南語的「屎」的音只差一點而已。

消痰化氣

客語 消痰化氣

頭擺，有錢人會請長年月仔摎掌牛仔[1]个來屋下做事。

有一日，大自家在廳下食飯个時節，鼻著有人打屁，當臭，就講：「麼人打屁？麼人打屁？」

「敢怕係掌牛仔猴[2]。」

「掌牛打屁，痾膿滑痢[3]。」

頭家个細人仔講：「毋係啦！毋係啦！係偃放个屁。」

頭家講：「吾子打屁，消痰化氣。」

1　掌牛仔：音 zong`ngiuˇe`，泛指牧童。

2　掌牛仔猴：音 zong`ngiuˇe`heuˇ：輕視牧童的說法。

3　屙膿滑痢：音 o´ nungˇ vad li，拉肚子。「掌牛打屁，痾膿滑痢；我子放屁，消痰化氣。」比喻不同的人做同樣的事，卻因個人喜好而得到不同的評價。

華語 消痰化氣

從前，有錢人家會雇長工與看牛的來家裡工作。

有一天，大家在客廳裡用餐的時候，聞到有人放屁很臭，說：「誰放屁？誰放屁？」

「大概是看牛的。」

「看牛的放屁，壞肚子。」

老闆的小孩說：「不是啦！不是啦！是我放的屁。」

老闆改口說：「我兒子放屁，消痰化氣。」

小豬少了

客語 豬子蝕忒[1]

有兩公婆，頭擺生活當苦，畜一蔸豬嫲子[2]。老公出門做長年，毋輒轉。當久、當久，正轉來一擺，看到豬子蝕忒一條。經過一段時間，又蝕忒一條。

老公試著當奇怪，就問厥餔娘：「豬子仰會毋見忒？」

厥餔娘講：「偓會知[3]？畜來畜去就毋見忒哩。」

厥老公走去睸等[4]，看到孤盲嫲[5]將豬子拿來撳撳死，搵黃泥，用禾稈包等去煻，味道實在還鍚人哪！

鼻著[6]恁香，就講：「恁香，該怕盡好食！」嗄無敢罵厥餔娘，又講：「偲裡來捉加一條，煻來食。」

1　蝕忒：音 sad ted`，減損、虧耗，這裡指小豬變少了。

2　豬嫲子：音 zu´ maˇ zii`，以前農人養母豬，生小豬賣給別人養的副業，賺些錢貼補家用。

3　偓會知：音 ngaiˇ voi di´，我怎會知道。

4　睸等：音 pu den`，在暗處偵察窺伺。

5　孤盲嫲：音 go´ mo´ maˇ，罵女人不雅的話。

6　鼻著：音 pi do`，聞到。

華語 小豬少了

有一對夫妻，早期很窮，養了一窩小豬。丈夫出門去當長工，不常回家。很久一段時間才回家，看到小豬少了一條。經過一段時間，又少了一條。

丈夫覺得很奇怪，就問妻子：「小豬怎麼不見了？」

妻子說：「我怎麼會知道，養著養著就少掉了。」

丈夫就躲在暗處偷看動靜，看到妻子將小豬掐死，沾上黃泥巴，用稻草包妥去燜，味道實在是太吸引人了！

聞到如此濃郁的香味，就說：「這麼香，也許很好吃！」竟然不敢罵他的老婆，又說：「我們再捉一條，燜來吃。」

新娘忍屁

客語 新娘忍屁

頭擺，有一個細妹仔當會打屁卵[1]。到好嫁咧，厥姆同佢講：「細阿妹，你愛忍屁唷，無會嫁無人愛哦！」只好忍喔！忍到面黃霜霜[2]。臨尾，有人來講親，佢就嫁了。

嫁去，厥老公就問佢：「若个面仰會黃霜打脈[3]？」佢毋肯講，厥老公緊問，正講：「偓啊！當會打屁卵，打當大粒啊，吾母喊偓忍啊，忍了嗄面黃黃咧。」

厥老公講：「毋怕哩喲！打屁驚麼个？逐儕乜毋使忍，愛打就打啊！」

佢講：「偓打一大[4]你知無？」

佢講：「毋怕啦，你轉[5]打，無要緊哪！」

正經就打，打啊落去喔，醃缸[6]就拂爛[7]咧啦！厥大郎伯[8]來看到講：「欸？麼个恁大聲？偓行前來聽一下。」

1　打屁卵：音 da` pi lon`，放屁。

2　面黃霜霜：音 mien vongˇ song´ song´，臉色發黃、發青。

3　黃霜打脈：音 vonˇsong´da`mag，形容臉色蠟黃的樣子。

4　一大：音 id`tai，很大、相當大。

5　轉：音 zon`，盡量。

6　醃缸：音 am´ gong´，以陶土燒成，用來醃蘿蔔、酸菜等的缸子。

7　拂爛：音 fud lan，被打破了。

8　大郎伯：音 tai iongˇ bag`，稱謂，用以稱自己丈夫的兄長。

打啊下去講：「唉喲！麼个目珠框[9]會拂烏青咧啊！」

厥家娘講：「恁泥無愛哪！麼个妹，分妳轉啦吭！吾屋家乜無麼个啦，伸[10]一隻牛仔定定，牛仔就送分妳哪！」

佢分家娘趕轉屋家，就緊噭，牽等牛仔緊行，行到大路去。堵到一個野和尚[11]，問佢：「細阿妹！你噭麼个哪？」緊問乜無肯應，再過緊問，正講：「偓嫁人咧，因為一會打大屁卵，吾家娘就講無愛，分偓轉啦！厥屋家乜無麼个，就討一隻牛仔分偓啦。」

野和尚問佢講：「正經有影？恁大粒个屁卵？」

佢講：「有影哦！」

野和尚講：「啊無打粒分偓看好無？」

細阿妹講：「好啊！毋過這大路項，無樹也無墩[12]，牛仔愛縐[13]哪？」

野和尚講：「恁泥啦！縐吾頸根項[14]好啦！」

細阿妹就縐阿縐。

野和尚問：「你今[15]縐好盲？」

細阿妹講：「好吔啦！好打吔啦！偓愛打哩喲！」

打一下，牛仔就嚇著緊飆吔。

野和尚就講：「麼个名？你愛忍屁，就忍屁哦！毋忍屁啊，野和尚也會斷氣哦！」

---

9 目珠框：音 mug` zu´ kiong´，眼睛周圍。

10 伸：音 cun´，剩下。

11 野和尚：音 ia´ voˇ song，指不守清規戒律的出家人。

12 墩：音 dun´，用以支撐、墊物的粗壯木頭或柱石。

13 縐：音 tag`，繫、綁。

14 頸根項：音 giang` gin´ hong：脖子上。

15 今：音 gin´，現在、到底是。

華語 新娘忍屁

很久以前，有一個女孩子很會放響屁。因為已到了適婚年齡，母親就告訴她：「女兒啊！妳要憋著屁了，要不然會嫁不出去哦！」所以她只好忍、忍、忍，忍得臉色都發黃憔悴了。後來，有人來說媒，她也就出嫁了。

結婚之後，她老公覺得她臉色蠟黃，就問：「妳怎麼了？臉色黃黃的？」本來她是不肯說的，但是她的丈夫不停地追問，才說：「因為我很會放屁，聲音又大，我媽媽叫我要憋著，所以憋得臉色發黃了！」

他老公說：「沒關係啦！放屁怕什麼？每個人都不用忍，要放就放啊！」

但她說：「我放的屁很大你知道嗎？」

他說：「不要緊啦，妳盡量打，不用忍了！」

她果真就放屁了，屁一放，卻把大水缸弄破了！她大伯來聽見了就說：「唉呀！是什麼這麼大聲？我來聽聽看。」

他一走上前，就被水缸碎片打中了！說：「唉喲！什麼東西要把眼睛周圍打到瘀青了啊？」

因此，她婆婆說道：「這樣子不行啦！不然妳回娘家吧！我家裡也沒什麼財產，就只有一隻牛而已，就把牛送給妳吧！」

她被婆婆趕回娘家，一邊哭，一邊牽著牛出門，一直走到大馬路上。途中，她遇到一個野和尚，問她：「小姑娘！妳在哭什麼呢？」她也沒有回答，一直追問，她只好說了：「我已經嫁人了，但是因為我很會放屁，婆家受不了，趕我回娘家。他們家也沒什麼給我的，只給了我一頭牛。」

野和尚問她說：「真有這回事？有這麼大的屁？」

她說：「真的啊！」

野和尚說：「不然，妳放個屁讓我見識見識吧！」

小姑娘說：「好啊！不過在這大馬路上，沒有樹也沒有柱子，牛要栓在哪兒呢？」

野和尚說：「不然這樣啦！綁在我的脖子上好了！」

小姑娘就綁啊綁。

野和尚問：「妳到底綁好了沒？」

小姑娘說：「好了！好了！我也準備要放屁了哦！」

就這麼放下去，牛一受驚就拼命地跑了。

野和尚大叫道：「喂！妳要忍屁，就趕快忍著哦！如果不忍屁啊，野和尚就快要斷氣了！」

和尚做法事

客語 和尚做齋

和尚講做齋啊，講：「孩肩[1]喔！」假使係戇孝子，就會分人刁古董[2]。和尚喊講：「這下放錢喔！」就放，喊做麼个，佢就做麼个啊。

有一儕人，姓潘，安到「潘慶斗」。有兜和尚無一定講總下識當多字，像這個和尚不識「潘」字，就講：「喂！翻筋斗！」該孝子就正經「翻筋斗」，翻幾下道。

該和尚想愛笑，又歹勢喔！講：「好咧！好咧！」

另外一个人正講：「你做麼東西！好恬恬喊人翻筋斗？」

佢講：「喂！厥名仔都恁泥！」

1 「孩肩」，是做法事的儀式，由道士扮演亡者過奈何橋，因半路小鬼阻攔要買路錢，道士也會因喪家家族經濟興衰與經濟狀況來斂財，例如裝說：死者前面有牛頭馬面，或者有人攔路，要收過路錢，不然不放行，孝子們情急之下只好照辦。若是大戶人家，出手寒酸，道士可不會輕易罷休的！可參見胡萬川、黃晴文總編輯：《東勢鎮客語故事集（三）》（豐原：臺中縣立文化中心，1996年），頁186-189。

2 刁古董：音 diau´ gu` dung`，將人當作古董來把玩，比喻作弄他人。

華語 和尚做法事

和尚在幫別人辦喪事、做法事，後半段進行到「過奈何橋囉！」若喪家孝子憨傻樸實，就容易被捉弄或刁難。辦喪時，和尚說：「放錢喔！」他就放。和尚無論說什麼，他都會不加思索的照做。

話說有個姓潘的，叫「潘慶斗」。有些和尚不一定認識很多字，像這位和尚不認得「潘」字，以為要念「翻」，就喊：「喂！翻筋斗！」（音與「潘慶斗」相似）那個傻孝子真的翻了好幾個筋斗。

和尚想笑又不好意思笑，只好說：「好了！好了！」

另一個人就說：「你搞什麼鬼？好端端地，為什麼叫人家翻筋斗？」

他說：「哪有什麼辦法！他的名字就是這樣啊！」

燙喉山

客語 熝喉山[1]

有兩子親家盡相好，親家長透會尋親家尞。

這個親家想，偓裡親家來，正剛個雞仔來請佢，又煮兜燒湯這兜，還有煲豬腳，煮到燒熝熝仔[2]。這親家一轉身，該來分人請該個親家，拈到一埕豬腳塞啊嘴肚去，親家行倒轉來，佢嗄打圇吞[3]落去。滾爁爁[4]嗄熝著，當艱苦，無結無煞。佢就緊看屋頂，講：「親家，你這屋頂个梁啊，哪位買个？」

「哦！熝喉山買个。」

「講到熝喉山，目汁就出喔！」

1 熝喉山：音 lug heuˇsang´，虛擬山名。意指會燙喉嚨的山。

2 燒熝熝仔：音 seu´ lug lug e`，形容很熱或很燙的樣子。

3 打圇吞：音 da`lunˇtun´，囫圇吞棗。

4 滾爁爁：音 gun`nag nag，形容極燙。

華語 燙喉山

有兩位親家非常要好，經常互相拜訪閒聊。

這位親家想著，咱們親家來了，就殺隻雞請他，又煮了熱湯，還有滷豬腳，煮得熱騰騰的。這位親家一轉身，被請的親家偷捏一塊豬腳放入嘴巴，巧的是親家又轉回頭，不得不囫圇吞棗地吞下去。熱滾滾的，喉嚨被燙傷，非常難受，又不知該如何是好？他便兩眼盯著屋頂欲掩飾，問：「親家，你這屋頂上的樑啊，是在哪裡買的？」

「哦！是燙喉山買的。」

「說到燙喉山，眼淚就會掉下來喔！」

三位生意人

客語 三儕生理人

有三儕人共下做生理，第一儕賣瓠杓[1]，第二儕賣筆，第三儕賣菅針[2]。

頭前儕緊行緊喊：「瓠杓，瓠杓喔！」

後背儕喊：「筆（必）[3]喔！筆（必）喔！」

第三儕係賣菅針，喊：「菅針（斷真）[4]，菅針（斷真）！」（因為第三儕係盎鼻[5]个人，講話鼻盎盎。）害該賣瓠杓賣歸路个，一日行到暗，無賣著半個瓠杓。

到尾，緊想仰會恁奇怪，有人看無人買，就頓恬[6]企下來看，到底係麼个原因？背尾正知，跈个人賣筆，噫哦在該賣菅針。連啊起來：「瓠杓，筆（必）喔，菅針（斷真）。」

---

1 瓠杓：音 puˇ sog，用老熟的瓠瓜對半剖開做成的勺子，可用來舀取水酒等物。也叫「杓嫲」。

2 菅針：音 gon`ziim´：芒草花莖，圓柱形中空，曬乾可做掃帚或一些手工藝品。

3 必：音 bid`，裂開。與「筆」同音。

4 斷真：音 ton ziin`，果真。

5 盎鼻：音 ang´pi：口齒不清，鼻音很重。

6 頓恬：音 dun` diam´，停止，停下來。

華語 三位生意人

有三個人合夥一起做生意，第一位賣瓠杓，第二位賣筆，第三位賣菅針。

走在前頭的人一直走就一直叫賣：「瓠杓，瓠杓喔。」

緊跟在後叫：「筆（裂）喔！筆（裂）喔。」

第三位賣菅針，叫道：「菅針（果真），菅針（果真）。」（因為第三位是鼻音很重的人，說話不清。）因此害得賣整條街也沒賣出一個瓠杓。

後來一直思考怎會如此奇怪，光有人看而沒人買，於是停下來站著觀察，究竟是什麼原因？後來才知道，跟在後頭的人，一位賣筆（裂），鼻音重的賣菅針（果真）。連起來成為：「瓠杓裂了，果真。」

什麼人較省

客語 麼人較省

頭擺，有兩個當省个人，一儕安到「天下省」，一儕安到「一等省」。

聽講，該「天下省」盡省，洗面个時節，連面帕就愛省起來，面伏[1]到面盆肚項湺湺啊[2]就好咧！

有一日，「一等省」去竹頭下拈到一皮竹殼[3]，畫一尾魚仔作等路，帶等去請教「天下省」。「天下省」接過來吊到壁項講：「恁仔細，大家省兜仔也一好，人有來就一誠意。「一等省」就問「天下省」講：「大家都聞名你，講係盡省儉个人，該你平常洗面仰仔洗？」

「天下省」講：「偃毋使用面帕，吾面伏到面盆肚項湺湺啊就好咧！」講忒，「天下省」問「一等省」講：「該你又仰仔省呢？」

「一等省」講：「偃三餐食飯單淨[4]傍一細埕魚仔，用鼻，鼻鼻啊就緊扒飯。平常衫褲也無著，在屋家园等，毋盼得[5]著，愛有出去正有著。」

這「天下省」一聽啊到，正知自家係當省儉，毋過還係比毋上「一等省」啊！

1　伏：音 pug，趴著，身體往前傾靠於物體上。

2　湺湺啊：音 dab dab a`，用水沾一沾。

3　竹殼：音 zug` hog`，長成竹子後脫落的外殼。

4　單淨：音 dan´ qiang，僅僅，唯獨，僅只。

5　毋盼得：音 m˘ pan ded`，捨不得。

華語 什麼人較省

從前，有兩個相當節省的人，一位名叫「天下省」，一位叫「一等省」。

聽說，「天下省」最省，洗臉的時候，連毛巾也省起來，臉稍稍在臉盆裡沾沾水就好了。

有一天，「一等省」在竹林裡撿了一片竹筍殼。他在竹筍殼上畫了一條魚，當作伴手禮，去拜訪「天下省」。「天下省」接過竹筍殼，把它吊在牆壁上，他說：「謝謝你，大家省點兒，人來了就夠有誠意了！」「一等省」問「天下省」：「大家都久聞你是最省的人，那麼，你平常是怎麼洗臉的呢？」

「天下省」說：「我不用毛巾，只要把臉埋進臉盆，隨便沾沾水就可以了。」說完，「天下省」問「一等省」：「那麼，你又是如何節省的呢？」

「一等省」說：「我三餐吃飯只配一小塊魚，只要用鼻子聞一聞就夠了，聞一聞味道就可以下飯。平常衣褲捨不得穿，放在家裡藏著，外出才會拿出來穿。」

「天下省」聽了，才知道自己雖然已經非常節儉，但仍比不上「一等省」啊！

血統純正的吝嗇兒子

客語 齧察無走種个倈仔

頭擺，有一个當齧察个老人家，一生人省儉省食，一有錢就囥起來，留分大細。

有一日，佢發病了，身體變到當弱，就連喊三個倈仔到身邊，吩咐佢兜講：「偓病深，驚怕無幾久好食，留下恁多錢分你兜用，看哪個倈仔盡省儉就分哪個倈仔！」

阿爸講：「偓過身，死忒後，偓毋使買棺材，你兜愛仰般來料理吾个喪事？」

大漢个講：「阿爸過身後，偓就買著薄薄个板仔，簡單扛去埋忒。」

阿爸聽著講：「噢！恁敗家啊！買棺材愛恁多錢，做毋得，打爽[1]錢。」

第二个講：「阿爸死忒，偓毋使買棺材，一領草蓆仔捆捆啊哩，擎去埋忒。」

阿爸講：「草蓆愛錢，做毋得浪費錢。」

細漢仔講：「阿爸，偓有一計，毋使用著錢還有錢好賺。偓將阿爸个肉割到一料一料，那去豬砧[2]準豬肉賣錢，恁仔好無？」

厥爸聽著細漢个講，心肝當暢就講：「這就著哪，你正經係吾倈

1　打爽：音 da` song`，浪費。

2　豬砧：音 zu´ diam´，原指賣肉者用的砧板，引申為賣肉的地方。

仔，無走種，無走種，曉得省儉，毋過你記得哦！絕對做毋得分對面个阿石伯哦！該阿石伯，舊年同偃賒个數，到今還盲還哦！」

華語 血統純正的吝嗇兒子

從前，有一個非常吝嗇的老人，一生省吃儉用，一有錢就藏起來，留給兒子。

有一天，他生病了，病得很嚴重，就叫他三個兒子到身邊，吩咐他們說：「我病重了，恐怕沒有多少時日可活，留下這麼多錢財給你們用，看哪個兒子最節省，就分給他！」

爸爸說：「我往生後，你們要如何料理我的喪事？」

大兒子說：「爸爸過世後，我就買薄薄的木板，簡單扛去埋了。」

爸爸聽了說：「噢！這麼敗家啊！買棺材要用這麼多錢，不行，浪費錢。」

二兒子說：「爸爸死了，我不用買棺材，用一件草蓆綑一綑，扛去埋了。」

爸爸說：「草蓆要錢，不行，浪費錢。」

最小的兒子說：「爸爸，我有一個辦法，不用花到錢，還有錢好賺。我可以把爸爸的肉割成一塊一塊的，拿去豬肉攤當豬肉賣錢，這樣好嗎？」

爸爸聽完小兒子的，心裡很高興，說：「這就對了，你果真是我兒子，沒走種，沒走種，懂得節省，不過你記得哦！絕對不行分給對面的阿石伯，那個阿石伯，去年跟我賒的帳，到現在還沒還呢！」

眼盲心不盲

客語 青瞑心毋會瞑

有一個算命先生，係青瞑个，佢逐日都愛出門滿莊去摎人算命。逢晝逢暗[1]就在外背食飯。

有一日，佢買了一條鰻仔，搭該麵店頭家煮來食。頭家就拿來切！切！切！該青瞑就算，剁一下一垤，總共有幾多垤，算便就著[2]。結果咧，食个時節無恁多，差毋多成半仔出來定定。頭家欺侮佢青瞑个啊！

食飽時節，錢付忒，佢就唸：「出門千日好，在家半朝難。」

頭家講：「該先生，你仰會恁樣講？」

算命先生講：「毋係麼个？平常時𠊎係買這東西轉去煮，細人呵呵瀝瀝[3]做一餐就食淨淨。𠊎來這搭煮，會留兜仔下一餐好食。」

頭家就當敗勢，分人知佢偷厥个東西。

1　逢晝逢暗：音 fungˇ zu fungˇam，遇到中午或傍晚。

2　算便就著：音 son pien qiu cog：算清楚。

3　呵呵瀝瀝：音 ho ho lap lap，搶食的樣子。

華語 眼盲心不盲

有一個眼盲的算命先生，每一天都要出遠門，四處去幫人算命。若是遇到中午或傍晚，就會在外地吃飯。

有一天，他買了一條鰻魚，請託麵條老闆幫他煮來吃。老闆就拿來切！切！切！那盲人就邊聽邊算，剁一下一塊，總共有多少塊，算得清清楚楚。結果，吃的時候，卻沒這麼多，差不多只有總數量的一半而已。可見老闆欺負他是盲人啊！

吃飽後，付完帳，他就唸：「出門千日好，在家半朝難。」

老闆說：「那位先生，你怎麼會這樣說？」

算命先生說：「不是嗎？平常我買這東西回去煮，小孩你爭我搶，一餐就吃光光了。我來這裡請你幫忙煮，還有剩，可以留到下一餐吃。」

老闆就覺得很不好意思，被發現偷了算命先生的東西。

傻女婿指桑罵槐

客語 戇婿郎指牛罵馬[1]

頭擺，有一個員外，佢有三個婿郎，盡細該個戇噹[2]戇噹，又無做頭路，分丈人老[3]、丈人哀[4]鄙視，看佢毋起。

有一日，盡細个婿郎堵到一位地理先生，地理先生看佢流流溜溜[5]，同佢講：「你，無做頭路个人，同偃作伴，去看地理，偃會拿一息所費分你。」佢講：「該好啊！」兩儕就共下去。一山過一山，緊行，看到一個老阿伯圍笆，無拆忒來總圍，用補。

地理先生問老阿伯：「仰無愛拆拆忒佢？」

老阿伯講：

景氣毋好，暫堵一時。

又緊行，堵堵在該下風馳雨[6]。山頂有一個細陂塘，溝水落該陂塘肚去，陂塘肚个水嗄變汶汶，摎原來个水無共樣，盲洽著。地理先

---

1 指牛罵馬：音 zii ngiuˇ ma ma´，指著牛罵馬，即「指桑罵槐」，用以比喻拐彎抹角的罵人。

2 戇噹：音 ngong dong，呆愚。

3 丈人老：音 cong´ nginˇ lo`，又讀 cong´ min´ lo`，岳父。

4 丈人哀：音 cong´ nginˇ oi´，又讀 cong´ min´ oi´，岳母。

5 流流溜溜：音 liuˇ liuˇ liu liu，不務正業，遊手好閒的樣子。

6 風馳雨：音 fung´ciiˇi`，形容風雨急速猛烈。

生就自言自語講：

同湖之水，亦有水色不同。

一山過一山，又緊行，較出山項來囉，看到路項有一堆牛屎，頂背有當多个烏蠅拑[7]等，人行啊過，該兜烏蠅就飛起來。地理先生講：

死烏蠅拑牛屎，看到人蹁[8]啊過，就蓬蓬起。

該戇噹就全部記起來。

有一日，丈人老、丈人哀不服上擺詩句畀對著，金銀財寶全部分佢得去，實在無甘願喔！喊佢轉來，𠊎來整佢。假借做生日，請佢來，辦一張桌，當豐沛。婿郎到了，坐等食囉！兩個婿郎摎丈人老、丈人哀用該珍珠瑪瑙个筷仔，儘採竹筷仔分戇噹个。竹筷仔軟軟，用毋得。

到挾菜時節，該戇噹个拿來挾菜，講：

景氣毋好，暫堵一時。

丈人老遽遽換共樣个筷仔。

又愛渟酒[9]囉，杯子共樣，酒罐仔也共樣，就罐裝个酒無共樣，渟分佢，佢講：

同湖之水，亦有水色不同。

7 拑：音 kiamˇ，啄食。

8 蹁：音 kiam，跨越。

9 渟酒：音 tinˇjiuˋ，斟酒。

這婿郎樣會恁強，𠊎裡欺眇[10]佢，毋著咧。

到尾，酒過三巡。大門深鎖，有人碰門[11]，大家跍起來愛去接人，佢講：

死烏蠅揤牛屎，看到人蹶啊過，就蓬蓬起。

華語 傻女婿指桑罵槐

從前，有個員外，有三個女婿。最小的女婿十分呆愚，又沒工作，境況不好。岳父母非常鄙視他，看不起他。

有一天，小女婿在路上遊蕩時，遇到一位堪輿師。堪輿師看他遊手好閒，對他說：「你沒工作，不如跟我作伴，陪我四處走走，我再付一些車馬費給你。」他說：「那很好啊！」兩人就一起走。一山過了一山，走著，途中看見一位老伯正在圍籬笆，卻不拆掉重新圍過，反而東補西補。

堪輿師問老伯：「怎麼不拆掉重來呢？」

不景氣，將就一下。

繼續前行，正好遇上西北雨。山上有個小池塘，溝水匯聚流入池塘內，池中的水變得混濁，與原來的水色不同，是因為混合。堪輿師自言自語說：

同湖之水，亦有水色不同。

---

10 欺眇：音 ki´ meu`，欺負，看輕。

11 碰門：音 pong´ munˇ，用力敲門。

一山過去又一山，繼續走，來到淺山，看到路上有一堆牛屎，上頭有很多蒼蠅在啄食，有人走過，蒼蠅就飛起來。堪輿師自言自語說：

死蒼蠅沾牛屎，有人跨過，就蹦飛起來。

那位傻小子，就將它全部一一記下。

有一天，岳父母因為詩句對上打賞，全部金銀財寶被他拿走，很不甘心。叫他回來，我們來整他。假借壽宴請他來，辦了一桌豐盛的酒席。女婿到了，入座。兩女婿與岳父母，用的是上等的珍珠瑪瑙筷子，卻隨便拿一雙竹筷給傻小子。竹筷很軟，不能用。

拿著筷子正要挾菜時，傻小子說：

不景氣，將就一下。

岳父趕緊換成同樣的筷子。

稍後，要倒酒了。大家的杯子是同樣的，瓶子也相同，而瓶中的酒卻不同。倒給他，他說：

同湖之水，亦有水色不同。

岳父母驚見他這麼厲害，總是欺侮他，不對吧！

後來，酒過三巡，有人來敲門，因大門深鎖，大夥兒急忙站起來去接人，他說：

死蒼蠅沾牛屎，看到人來，就『砰』然飛起。

笑話一胡

客語 亂管槌棉

有兩個同年，一個姓張，一個姓楊。有一日，姓張个去姓楊个屋下食飯，姓楊个餔娘問姓張个：「同年伯係姓麼个張（章），係弓長『張』也係立早『章』？」姓張个轉去，同厥餔娘講：「吾同年个餔娘，幾會咧！」厥餔娘問講：「該仰般會法？」

「去食飯个時節，佢問偃：『係弓長張，也係立早章？』厥个頭腦還好哦！」

姓張个餔娘聽到面會闞烏忒，想：「恁樣就安到當會係無？」

有一日，姓楊个來姓張个屋下食飯，姓張个餔娘問佢：「同年叔，你係麼介『楊』？你係弓長『楊』，也係立早『楊』？」姓張个緊瞰[1]厥餔娘，想愛講毋敢講，姓楊个無回話，大家都恬恬無講話。

姓張个餔娘看到厥老公緊歙佢，就講：「噢！知咧！白目羊（楊）。」

姓楊个聽了當譴愛走，無想到佢徑著矮凳仔，横落去[2]。

「噢！該絆倒羊（楊）！」

跖啊起來，姓楊个蹬[3]開凳仔。

1　瞰：音 himˇ，瞪眼怒視貌。

2　横落去：音 vang log hi，倒下去。

3　蹬：音 dem`，用腳踹。

「噢！該蹬蹄羊（楊）！」

背尾，姓楊个譴到走忒咧！

華語 笑話一胡

有兩個同年，一個姓張，一個姓楊。有一天，姓張的去楊家作客吃飯，姓楊的太太問姓張的：「同年伯是什麼張（章），是弓長張還是立早章？」姓張的回家後，就跟老婆說：「我同年的太太，很行啊！」他老婆問：「那是怎麼樣的行法？」

「我去他家吃飯的時候，他問我：『是弓長張，還是立早章？』她的腦筋還真好啊！」

姓張的老婆聽完臉就發黑，想：「這樣就叫做很行？」有一天，姓楊的來張家作客吃飯，張太太問他：「同年叔，你是什麼楊？是弓長楊，還是立早楊？」張先生一直瞪她，想講又不敢講，楊先生無話可答，大家便靜靜的不說話。

張太太看到她老公一直瞪她，就說：「噢！我知道了！白目羊。」

楊先生很生氣的要走了，沒想到竟然被矮凳子絆倒，摔了一跤跌倒在地。

「噢！那是摔跤羊！」

楊先生站起來，踢了一下矮凳子。

「噢！那是蹬蹄羊！」

最後，楊先生非常生氣地離開了。

富人與窮人

客語 有錢人同嘳人

頭擺，有一介有錢人同嘳人[1]共下鄰舍。有一日，有錢人一䟘床，就風神喋喋[2]講：「吾狗仔一吠啊，項項好[3]！項項好！項項好！」

隔壁鄰舍聽到，就講：「俚乜有一墩[4]磨石你知無？一挨[5]啊講：『騙吾膦毋識[6]啦！騙吾膦毋識啦！騙吾膦毋識啦！』」

華語 富人與窮人

從前，有個有錢人和窮人比鄰而居。有一天，有錢人一起床，就趾高氣昂，不可一世地炫耀他們家說：「連我家的狗一吠起來，聽起來就好像『項項好，項項好，項項好』似的。」

住在隔壁的窮人聽到了，就很不服氣的說：「我也有一座石磨，你知道嗎？那石磨一轉動啊，就會說：『騙大爺不懂嗎？騙大爺不懂嗎？騙大爺不懂嗎？』」

1　嘳人：音 kuai\`ngin\ˇ，窮人。

2　風神喋喋：音 fung´ siinˇde de，趾高氣昂、驕傲自滿的樣子。

3　項項好：音 hong hong ho\`，與狗吠聲「汪汪汪」諧音。

4　墩：音 dun´，石磨的單位量詞。

5　挨：音 ai´，轉動石磨的動作。

6　騙吾膦毋識：與轉動石磨的聲音諧音。語意是別哄我不懂了！是一種俚俗、輕視對方的說法。膦，音 lin\`，是成年男子陰莖。未成年叫「朘」，音 zoi´。毋識，音 mˇsiid\`，不懂，沒見識過。

什麼人追什麼雞

客語 麼个人追麼个雞

有一儕人在田頭起一棟雞寮[1]，畜當多雞仔。

有一日，雞仔鑽縫走出來。堵好，有一個教書先生來寮，揇逐，仰仔逐都逐不著。

畜雞个主人看到恁樣，就講：「你都毋係武底出身，你嗄逐得著走山雞。」又接等講：「麼个人逐麼个雞，你逐飼料雞做得。」

華語 什麼人追什麼雞

有個人在田的上方，蓋了一棟雞舍，養了很多雞。

有一天，雞從雞舍的縫中鑽出來溜走了。恰巧一位老師來拜訪，看到雞跑出來，就幫忙追偷跑的雞，但是無論怎麼追都捉不到雞。

養雞主人看到這種情形，說：「你就不是從事粗重工作的人，怎麼可能追趕得到放山雞？」又接著說：「什麼樣的人追什麼樣的雞，你適合去追趕飼料雞。」

---

1 雞寮：音 geˊliauˇ：雞舍。

向土地公要竹子

客語 摎伯公分竹

頭擺，有一儕人愛斬竹仔來破篾，做該做這，不過自家个竹仔毋靚毋直。有一日，看到伯公下个竹仔又直又大支。想想，走到伯公下，拿筊來跌，問伯公肯也毋肯分佢斬。毋過，仰仔跌都無聖筊，當閼，火著咧！筊仔重重擲到地泥下去。恁堵好，彈著矮牆脣凴等，嗄打蹬企，佢就對伯公講：「聖筊打蹬企，偓連斬兩三支。」

華語 向土地公要竹子

從前，有一個人想要斬竹子來剖竹片，製作各式各樣的東西，可惜自己的竹子既不漂亮，也不夠筆直。有一天，發現土地公廟旁的竹子長得又筆直又大枝。想了想，就跑到土地公廟裡去擲筊，問土地公是否願意讓他斬竹子。可是不管怎麼擲，都沒有聖筊，讓他非常生氣！一怒之下，把筊用力往地上丟。正巧，筊彈到矮牆旁靠著，直挺挺地立著，他就對土地公說：「聖筊直直立，我連砍竹子兩三支。」

茶壺提過來

客語 茶罐摜過來

頭擺，有一儕人看到一個細阿妹，就喊：「咻～阿妹。」
該細妹行前去，問：「阿哥，你喊偃做麼个？」
看到係厥老妹，轉嘴講：「茶罐摜過來。」

華語 茶壺提過來

從前，有一個人看到一位小姐，就喊：「咻～小姐。」
那位小姐走前去，問：「哥哥，你叫我做什麼？」
看到的竟然是他的妹妹，馬上改口說：「茶壺提過來。」

狗絆繩

客語 狗徑索

頭擺，有一個戇婿郎，厥丈人老愛做八十歲，愛去同佢做生日。厥餔娘講：「你孩一擔麵線去同阿爸做生日。你先行，偓等下正去。」戇細郎孩等麵線就先行了。

去到半路，有人逐一陣鴨仔來，行啊去，就摎人家个鴨仔撞下，跌落該水溝肚。戇婿郎看到就講：「仰結煞？同人个鴨仔做下撞落溝肚，愛仰仔正捉得䟘起來哪？」愐[1]愐咧講：「唉喲！係哪！偓來用這擔麵線來溜[2]哪！」

戇婿郎一擔麵線緊溜。壞蹄咧，三溜四溜，麵線溜淨淨，鴨仔乜走淨淨。佢走轉去同厥餔娘講：「餔娘啊，偓孩到半路个時節，摎人个鴨仔撞落溝肚，麵線啊，分偓溜鴨仔溜淨淨仔，又無半隻。今愛仰結煞？」

厥餔娘講：「你仰會恁戇？該麵線落水都無忒咧，哪做得[3]用麵線溜咧？再過孩一擔去同阿爸做生日啦！」

佢又去喔，去到位，就摎麵線送分丈人老。

好食飯咧！丈人老講：「大自家共下來食飯喔！」戇婿郎乜坐下來共下食。

---

1 愐：音 men`，想、思考。

2 溜：音 liu，用繩子來套物。

3 哪做得：音 nai zo ded`，怎麼可以。

食飯前，厥餔娘教佢講：「你食飯啊！毋好緊密密[4]挾菜喔！偓摎你縐一條索仔[5]，桌下放，偓有拉，索仔有停動[6]，你正好挾菜。」

厥老公講：「好！」

無想到，有一隻狗仔走到桌仔下背，徑著[7]索仔，緊徑，索仔密密停動，徑一到挾一到，徑一到挾一到。

厥丈人老講：「唉！吾細郎仰恁仔？菜緊挾緊大碗，食毋忒啊！」

厥餔娘看到乜講：「喲？偓都無摎佢徑，該菜仰緊挾咧？」

盲知，看到桌下，正知講：「這擺，係狗徑索啊！」

華語 狗絆繩

從前，有一個傻女婿，他的岳父要過八十歲生日，他要去祝壽。他老婆說：「你挑一擔麵線去給爸爸祝壽。你先走，我等會再去。」傻女婿挑著麵線就先走了。

走到半路，有人趕了一群鴨子過來，他一走過去，就把人家的鴨子撞跌落了水溝。傻女婿看了說：「怎麼辦？把人家的鴨子全部撞下水溝了，要怎麼樣才能捉上來呢？」他想了想說：「啊！對了！我用這擔麵線來套！」

傻女婿就用這擔麵線一直套鴨子。糟了！兩三下，麵線全套光了，鴨子也跑光了。他跑回家向他老婆說：「老婆啊，我挑到半路的時候，把人家的鴨子撞得掉落水溝裡，麵線被我拿來套鴨子套光了，

4　密密：音 med med，一次又一次、連續不斷。

5　索仔：音 sog` e`，繩子。

6　停動：音 tin´ tung´，震動。

7　徑著：音 gang do`，絆倒。

連半隻都沒套到。現在怎麼辦？」

他老婆說：「你怎會這麼笨呢？麵線一入水就化掉了，怎麼可以用麵線套呢？再挑一擔去給爸爸做生日啦！」

他又去了，到了那裡，就把麵線送給岳父祝壽。

吃飯時間到囉！岳父說：「大家一起來吃飯囉！」傻女婿也坐下來一起吃。

吃飯前，他老婆教他說：「你吃飯時，不可以一直挾菜吃喔！我在你腳上綁一條繩子，另一端繫在桌腳下，我一扯動繩子，你才可以挾菜。」

他老公說：「好！」

沒想到，有一隻狗跑到桌子下，絆到繩子了，一直絆，繩子就一直震動。動一次，他就挾一次。再動一次，他又挾一次，挾個不停。

他岳父說：「唉！我這女婿是怎麼了？菜一直夾，挾得這麼大碗，都吃不完了！」

他老婆看到了也疑惑地說：「咦？我已經沒有拉繩子了，怎麼還這樣一直挾菜呢？」

未料，她往桌下一看，才知曉緣由，說：「這次，是狗絆到繩子了！」

三　「有願則成」的狂想故事

上夜三斤狗，下夜三伯公

客語 上夜三斤狗，下夜三伯公

話講「三斤狗」，原來係一位窮人「李三雄」个偏名，因為家貧年老，家族个老嫩大細[1]全部看佢不起，又瘦到筋渣膜絡[2]，就像三斤重个老狗樣仔恁瘦，就喊佢「三斤狗」。因為李三雄生活當清苦，毋敢摎人計較，年深日久，大家單淨記得這個瘦夾夾个老人家，安到「三斤狗」，早就不記得厥名仔安到「李三雄」吔。

三斤狗有一个倈仔，安到「阿發仔」，早先跈人去南洋作礦工。因為來往的朋友好賭徼[3]，阿發仔乜分人插花仔[4]，後來就將賺到个錢全部輸淨淨，不單淨無寄錢分厥爸，連信仔乜無寫吔。

三斤狗个族人，知著阿發仔久無寫信仔轉屋下，就看毋起佢，甚至侮辱佢。有一擺，三斤狗看到米缸無米，想到阿梗伯姆係莊肚盡豐湧个人家，就摎佢借米。後來米無借到，三斤狗頭犁犁仔行轉屋下，心肚當閼[5]。突然間，阿梗伯姆帶等厥叔伯兄弟來，大嘛聲問：「你有偷厥金釵無？」三斤狗講：「無」。阿梗伯姆竟然下令搜查，結果歸間屋仔，從頭到尾畀檢查過吔，連金釵个影仔都無看到。阿梗伯姆還係

1　老嫩大細：音 lo`nun tai se：泛指所有的人。

2　筋渣膜絡：音 gin´ za´ mog log，形容十分消瘦，只見筋絡膜渣而不見肉的樣子。

3　賭徼：音 du` gieu`，賭博。以財物作注來計勝負。

4　插花仔：音 cab` fa´ e`，賭局進行時，由局外人搭角共任。後引喻參與別人的事情而獲利。

5　閼：音 ad`，鬱悶。

無肯放過佢，走去族長屋下講：「吾姪嫂[6]今奔日十點邊仔，正摎倨借去打扮食喜酒个金釵還倨，三斤狗就來借米，三斤狗走了過後，金釵就毋見了！恁短个時間，除忒吾姪嫂來過，就係三斤狗了，毋係佢拿走，還有麼人咧？」

族長聽到阿梗伯姆个投訴，試著有理，認為三斤狗有嫌疑，就命令佢遽遽交出來。三斤狗堅持講佢無拿阿梗伯姆个金釵，因為無人相信佢，就邀請大家去伯公下發誓，講：「假使倨係有偷阿梗伯姆个金釵，伯公一定會罰倨半路跌倒，行毋到伯公下。」大家就跈等佢行去伯公下。

無想到，三斤狗準備愛蹥過一條細圳溝个時節，一無細義[7]，嗄跌落圳溝底肚。老人家骨頭硬，一時跋毋起來，跈等愛去伯公下个人看到，全部阿腦伯公當靈，這下，逐儕人就恅著三斤狗係偷金釵个賊仔吔。

時間當遽，準備愛過年了，三斤狗个生活還係當刻苦。厥餔娘無奈何，就去賣豬肉个王阿二賒了一斤豬肉，準備做過年个食料。無想到，王阿二該日下晝就來收數[8]。王阿二收無到錢，就摎厥鍋蓋掀起來，摎豬肉摜等走，當無人情味。三斤狗看到當火大，就講：「恁樣也好，人家有肉過年，倨有肉湯過年！」王阿二本身係齧察鬼，聽到三斤狗這句話，跈等就扡[9]一把爐灰掞[10]到湯肚，背尾，三斤狗兩公婆連湯都無好食了。

年三十暗晡，鄰舍開始接財神、敬天公、爆竹劈剁響个時節，三斤狗个大門分人敲到當響，三斤狗遽遽走到大門邊問講：「麼人？有麼

6 姪嫂：音 ciid so`，稱謂。稱姪子的妻子。

7 細義：音 se ngi，小心注意。

8 收數：音 su´ sii，收取帳款。

9 扡：音 ia`，抓。

10 掞：音 iam，灑。

个事？」敲門个講：「阿爸，偓係阿發仔，偓轉來吔！」三斤狗聽到，一片開門，一片講：「阿發仔，你有帶錢轉來無？假使無錢，還係莫轉較好，無[11]會分人看衰。」屋門打開了，三斤狗看到，阿發仔不單淨手項攌等一個大皮包仔，還有三、四儕人，一儕孩一擔重鈂鈂[12]个木箱仔。孩擔个離開以後，阿發仔摎門關起來，正分爺哀看箱仔肚、皮包底背个東西。三斤狗兩公婆看到木箱底肚，裝諗雪白个錢銀，全部个愁慮，都煙消雲散了。

人逢喜事精神爽，這時節个三斤狗，心情乜鬆爽起來，對厥餔娘講：「這下三更半夜，年三十暗晡，赴毋掣準備辦謝祖公个牲儀吔，就用畚箕來裝錢銀拜謝祖公吧！」結果三個大畚箕裝等諗諗雪白个錢銀，擺到祖公廳神桌面頂，歸莊愛拜祖公个男女大細分佢鍚到發琢呆[13]，逐儕就改口喊佢「三伯」，無就「三伯公」。有人送雞肉來，乜有人送鴨肉，全部變到當親切，講：「三伯，年三夜四，赴毋掣買雞鴨魚肉，這一息仔送分你。」忽然間，本旦[14]尋無半滴肉味个屋仔，一下仔歸間屋仔就係雞鴨魚肉个香味，窮苦人總算出頭天吔！

上夜「三斤狗」，下夜變作「三伯」，無就「三伯公」个消息，一下仔，就傳遍歸莊了。全部李姓人家，總下來到祖公廳，紛紛摎三斤狗行禮，講：「三伯、三伯公，恭喜發叔轉來，新年大賺錢！」

三斤狗看到歸祖屋个人到齊了，逐儕人對自家變到當有禮貌，佢想，報冤仇个時節乜到了。三斤狗講：「今年時運當好，狗大當遽，上半夜三斤，等到下半夜就三百[15]了。」這時節，大家都當恬靜，不敢出聲。三斤狗接等講：「偲這老祖公屋，歇唎人乜不少，平常大家

11 無：音 moˇ，否則、不然。

12 重鈂鈂：音 cungˊ demˇ demˇ，沉甸甸。

13 發琢呆：音 bodˋdogˋngoiˇ，目瞪口呆的樣子。

14 本旦：音 bunˋ danˋ，原來，剛開始時。

15 三百：音 samˊbagˋ，諧音「三伯」，眾人對他的改稱。

當少共下打嘴鼓。今奔日堵好年初一，老嫩大細都在，係盡好个一個機會。佢認為本屋人多，有生必有死，年中有人過身个時節，連一面做孝个銅鑼乜無。故所，佢建議應該愛買一面銅鑼，有人過身時好用。還愛買一副扛棺材个龍槓，不單淨方便族中个人用，假使有後生人肯扛棺材个，也有好用，恁樣毋係當方便？」本旦不應該在新年講个話，因為這下有錢了，無人敢反駁佢，大家都講：「三伯公講个真有道理，過忒年就照三伯公个話做。」

三斤狗接等又講：「佢打算年初八摎阿發仔準備齋果，答謝神明，還愛辦桌，逐家請一儕人，凡係六十歲以上个，另外加請。阿梗伯姆雖然已經七十零歲吔，嗄無愛請佢，因為頭擺佢識賴佢偷厥金釵，其實佢根本就無偷，故所無愛請佢。」大家聽到，七嘴八嘴講：「係啦，阿梗伯姆亂賴人，三伯公正大光明，哪係會偷東西个人咧？」這時節，阿梗伯姆个心臼突然間跪到三斤狗面前，講：「吾家娘个金釵，該時放到衫袋肚，後來在衫橱項尋到了，嗄無摎三斤伯講清楚，實在還拍謝！」三斤狗對這件事情就算了！

年初八答謝神明該日，大家紛紛勸三斤狗做屋買田，三斤狗講：「佢愛在伯公下該垤地做屋，因為伯公賴佢偷拿金釵，連做神也恁現實。佢識暗中發過誓，假使係有發財个一日，就愛摎伯公擲落河壩，用該垤地做屋。」講忒，大家又大嫲聲響應。

過後，莊肚係有麼个好事愛辦桌請人，一定會請三斤狗來坐上横桌[16]。三斤狗乜無會拍謝，吃飽了，不多謝主家，顛倒講「多謝吾倈仔」。雖然恁樣，請佢食酒个人，還係緊來緊多，就像老古人言：「貧居鬧市無人問，富在深山有遠親[17]。」

---

16 坐上横桌：音 co´ song vangˇ zog`，請客時請人坐大位。

17 貧居鬧市無人問，富在深山有遠親：音 pinˇgi´nau sii moˇnginˇmun， fu cai ciim´san´ iu´ ien`qin´，貧困時乏人問津，富貴時車馬盈門。形容人情冷暖，嫌貧愛富。

華語 上夜三斤狗，下夜三伯公

話說「三斤狗」，原來是一位窮人「李三雄」的綽號，因為家貧年老，家族中的所有人都看不起他，加上他瘦到皮包骨，就像三斤重的老狗一樣瘦，就叫他「三斤狗」。因為李三雄生活非常清苦，不敢與人計較，年深日久，大家只記得這個瘦巴巴的老人家，叫做「三斤狗」，早就不記得他的名字叫「李三雄」了。

三斤狗有一個兒子，叫做「阿發」，早期跟人去南洋作礦工，因為來往的朋友好賭博，阿發也因參與而獲利。後來將賺到的錢全部輸光光，不只沒有寄錢給他爸爸，連信也不再寫了。

三斤狗的族人，知道阿發很久沒有寫信回家，就看不起他，甚至侮辱他。有一次，三斤狗看到米缸沒米，想到阿梗伯母是村莊裡最富裕的人家，就向她借米。後來沒有借到米，三斤狗垂頭喪氣走回家，心裡覺得非常鬱悶。突然間，阿梗伯姆帶著她的叔伯兄弟來，大聲質問：「你有沒有偷她的金釵？」三斤狗回：「沒有」。阿梗伯姆竟然下令搜查，結果整間屋子，從頭到尾都檢查過了，連金釵的影仔都沒有看到。阿梗伯姆還是不肯放過他，走到族長家裡說：「我姪子的老婆今天十點左右，才把跟我借去打扮吃喜酒的金釵還給我，三斤狗就來借米，三斤狗走了之後，金釵就不見了！這麼短的時間，除了我姪子的老婆來過，就是三斤狗了，不是他拿走，還有什麼人呢？」

族長聽到阿梗伯姆的投訴，覺得有理，認為三斤狗有嫌疑，就命令他趕快交出來。三斤狗堅持說他沒有拿阿梗伯姆的金釵，因為無人相信他，就邀請大家到土地公廟去發誓，說：「如果我有偷阿梗伯姆的金釵，土地公一定會懲罰我半路跌倒，無法走到土地公廟。」大家就跟著他走去土地公廟。

沒想到，三斤狗準備要跨過一條小水溝時，一不小心，竟然跌入水溝裡。老人家骨頭硬，一時爬不起來，跟著他要去土地公廟的人看到，全部都讚揚土地公很靈驗。這下子，每個人都以為三斤狗是偷金釵的小偷了。

時光飛逝，準備要過年了，三斤狗的生活依然非常刻苦。他的妻子莫可奈何，就去向賣豬肉的王阿二賒了一斤豬肉，準備做過年的食材。沒料到，王阿二當天下午就來收取帳款。王阿二收不到錢，就將他的鍋蓋掀起來，把豬肉拎走，非常沒有人情味。三斤狗看到很火大，就說：「這樣也好，人家有肉過年，我有肉湯過年！」王阿二本身是吝嗇鬼，聽到三斤狗這句話，立刻就抓了一把爐灰灑到湯裡面，最後，三斤狗兩夫婦連湯都沒得喝了。

除夕夜，鄰舍開始接財神、敬天公、爆竹劈剝響時，三斤狗的大門被人敲得砰砰響，三斤狗趕緊跑到大門邊問說：「什麼人？有什麼事？」敲門的人說：「爸，我是阿發，我回來了！」三斤狗聽到，一邊開門，一邊說：「阿發，你有帶錢回來嗎？假如沒錢，還是別回來比較好，不然會讓人譏笑。」門打開了，三斤狗看到，阿發不只手裡提著一個大皮包，還有三、四個人，一人挑了一擔沉甸甸的木箱。挑擔的離開後，阿發把門關上，才給爸媽看箱子裡、皮包裡的東西。三斤狗兩夫婦看到木箱裡，裝滿雪白的金錢，全部的愁慮，都煙消雲散了。

人逢喜事精神爽，這時的三斤狗，心情也跟著舒爽起來，對他老婆說：「這下三更半夜，除夕夜，來不及準備酬謝祖先的牲禮了，就用畚箕來裝錢酬謝祖先吧！」結果三個大畚箕裝著滿滿雪白的錢，擺到祭祀祖先廳堂的神桌上，整村要拜祖先的男女老幼都被他的牲禮吸引到目瞪口呆，每個都改口叫他「三伯」，或是「三伯公」了！有人送雞肉來，也有人送鴨肉，全部變得非常親切，說：「三伯，年三夜四，來不及買雞鴨魚肉，這一些送給你。」忽然間，原本毫無肉味的屋子，一下子整間屋子充滿雞鴨魚肉的香味，窮苦人總算出頭天了！

上夜「三斤狗」，下夜變作「三伯」，或是「三伯公」的消息，一下子，就傳遍整個村莊了。所有李姓人家，全部來到祖先的廳堂，紛紛向三斤狗行禮，說：「三伯、三伯公，恭喜發叔回來，新年大賺錢！」

三斤狗看到所有李姓族人都到齊了，每個人對自己都變得非常有禮貌，他想，報仇的時機也到了。三斤狗說：「今年時運很好，狗大得很快，上半夜三斤，等到下半夜就三百了」。這時，大家都非常安靜，不敢出聲。三斤狗接著說：「我們這老祖宗的房子，住的人也不少，平常大家很少一起談天閒聊。今天正好年初一，所有的人都在，是最好的一個機會。我認為本宗族人多，有生必有死，年中有人往生時，連一面做孝的銅鑼也沒有。因此，我建議應該要買一面銅鑼，有人往生時可以用。還要買一副扛棺材的龍槓，不只方便族中人用，假使有年輕人願意扛棺材的，也有得用，這樣不是很方便嗎？」原本不應該在新年說的話，因為現在富裕了，沒有人敢反駁他，大家都說：「三伯公講的真有道理，過完年就照三伯公的話做。」

三斤狗接著又說：「我打算年初八幫阿發準備齋果，答謝神明，還要辦桌，每家請一個人，凡是六十歲以上的，另外加請，阿梗伯姆雖然已經七十多歲，卻不要請她，因為從前她曾誣賴我偷拿她的金釵，其實我根本就沒有偷，因此不要請她。」大家聽到，七嘴八舌說：「對啦，阿梗伯姆亂誣賴人，三伯公正大光明，怎麼是會偷東西的人呢？」這時，阿梗伯姆的媳婦突然跪到三斤狗面前，說：「我婆婆的金釵，當時放在衣袋裡，後來在衣櫥裡找到了，卻沒跟三斤伯講清楚，實在非常抱歉！」三斤狗對這件事情就算了！

年初八答謝神明那日，大家紛紛勸三斤狗蓋房子和買田，三斤狗說：「我要在土地公廟那塊地蓋房子，因為土地公誣賴我偷拿金釵，連做神也這麼現實。我曾暗中發過誓，假如有發財的一日，就要把土地公丟到河裡，用那塊地來蓋房子。」說完，眾人又大聲地響應。

從此以後，村莊裡若有什麼好事要辦桌請客，一定會請三斤狗來坐大位。三斤狗不會謙讓，不多謝主家，反而說「多謝我兒子」。雖然如此，請他吃飯喝酒的人，卻越來越多，如同俗諺：「貧居鬧市無人問，富在深山有遠親。」

蟾蜍皇帝

客語 蟾蜍皇帝

頭擺，有一對公婆，老公係單丁子[1]，兩公婆又無降細人仔。有一日，兩公婆參詳，假使再無子息[2]，這代看等就會無忒了，兩公婆就去求註生娘，求一男半女來傳香火。佢兜同註生娘講：「請註生娘分偃裡，蟾蜍、蜗仔[3]乜做得，好傳宗接代。」

一段時間以後，餔娘就大肚屎吔，十月以後，降出一隻毋係倈仔，乜無係妹仔，顛到係「蟾蜍」。老公講：「降到恁樣个東西，愛仰般傳代？撈佢攉忒[4]去。」餔娘講：「莫恁樣啦！雖然佢毋係人係動物，仰仔講，亦係偃病子[5]十個月降个，你莫插佢，分佢在屋家自由行動就好了。」聽了餔娘个話，老公乜無麼个意見了。

日見日，一年過一年，蟾蜍大了。有一年，番國來打中原，滿朝个武將，全耐佢毋好。無法度了，滿朝文武就建議貼告示，係有人打得番人退，就愛招佢做駙馬，封大官。

蟾蜍看到這告示，就跳等轉屋，第一擺開嘴講話，喊阿爸。

厥爸講：「你平常毋識講過話，仰突然間會講話了？」

1　單丁子：音 dan´ den´ zii`，獨子，父母只有單獨一個兒子。

2　子息：音 zii` xid，子女。

3　蜗仔：音 guai` e`，青蛙。

4　攉忒：音 vog` ted`，丟掉。

5　病子：音 piang zii`，女子懷孕稱「病子」。如〈病子歌〉：「五月裡來係端陽，娘今病子面皮黃。阿哥問娘食麼个？愛食粽仔搵白糖。」

蟾蜍講：「平常毋麼个事情，𠊎就無摎你講話。這下𠊎有事情愛拜託你，無，𠊎自家無法度做。」

厥爸問：「係麼个事情咧？」

蟾蜍講：「拜託你去街路巷，摎𠊎將告示擘[6]轉來。」

厥爸講：「擘轉來愛做麼个？該愛征番人个。扯下來又無去打番人，該會分人剾頭[7]。」

蟾蜍講：「𠊎知，你同𠊎扯下來就著了。」

厥爸講：「你敢有法度？𠊎恁老了，斯無奈何了。」

蟾蜍講：「假使班頭問你，做麼个扯下來，你就同佢講，係𠊎拜託你扯个，你正帶𠊎去。」

講忒，厥爸就去街路巷摎告示扯下來，班頭看到了，就問佢：「你扯告示，你知規矩無？」

蟾蜍厥爸講：「𠊎知，該愛去征番人个。」

班頭講：「你有麼个能力去徵番人？」

蟾蜍厥爸講：「吾屋家有一隻蟾蜍，佢講佢有能力，係佢喊𠊎來扯个。」

班頭講：「哪有可能？偲裡朝廷恁多人去打，就奈毋好，佢敢有法度？」

蟾蜍厥爸講：「𠊎毋知佢有法度無，係佢喊𠊎來扯，𠊎就來扯，假使做得，𠊎轉去摎佢帶來，喊佢摎你講。」

班頭講：「好啊！該你轉去帶。」

蟾蜍厥爸就趕等轉去，帶蟾蜍過來尋大老爺。

大老爺問：「你恁細一隻蟾蜍，人一踏就扁了，敢有法度打退番人？」

6　擘：音 bag`，用手將東西扯裂或使其離開附著處。

7　剾頭：音 cii ˇ teu ˇ，殺頭。

蟾蜍講：「偃就係有法度，正敢去扯告示，拜託你帶偃上朝去見皇帝。」

背尾，班頭就扐等蟾蜍，來到金鑾殿，將事情个經過，講分皇帝聽。

皇帝講：「滿朝个武將，全部奈番人毋好，你一隻恁細个蟾蜍，哪有可能打得退番人？」

蟾蜍講：「萬歲爺，你莫愁啦！偃自有辦法。你講係打得退番人，愛招來作駙馬，封高官，係正經無？你講話愛算話喔！」

皇帝想，一隻蟾蜍哪有法度？人一踏就扁了，就講：「你係打吔贏番國，吾妹仔就分你做餔娘，還有封大官。你需要幾多兵仔？」

蟾蜍講：「因為偃行路當慢，派一個兵仔揇偃去就好。」

皇帝心肝想，一隻蟾蜍摎一個兵仔，就算有麼个損失，正一個兵仔定定，就答應佢吔！遽遽差遣一個兵仔揇等蟾蜍，來到戰爭个所在，蟾蜍交代兵仔講：「你摎偃放這位就好了，你閃較遠兜仔。」

兵仔講：「偃閃較遠兜仔，該你仰結煞？」

蟾蜍講：「毋怕，偃毋係人，佢兜看到偃乜毋會仰仔，你毋使愁，偃一儕入去就好了。」

該央時，已經三更半夜了！蟾蜍就跳啊跳，跳入營肚項，因為佢係蟾蜍，無人會注意到佢。佢摎番人个火藥、油啦，掞掞到各位所，放一陣火，營分佢燒淨淨，番兵乜分佢燒死死，恁樣番國就分佢征平了。

兵仔摎蟾蜍揇轉去，皇帝一方面歡喜番人打平了，一方面愁自家个妹仔愛仰般嫁分蟾蜍做餔娘，又做毋得講後悔。

蟾蜍同皇帝講：「你講話愛算話喔！這下番仔分偃打平了，官做毋做無相干，若妹仔總愛分偃做餔娘。」

皇帝高不將喊厥妹仔摎蟾蜍揇等來拜堂。堂拜好，入間房。一儕係蟾蜍，一儕係人，公主娘緊噭，嫁到蟾蜍愛仰結煞？公主噭懶了就睡忒了。等夜盡了，蟾蜍變成一個當緣投个細倈仔，同公主共下睡。等公主睡醒了，看到一個恁緣投个細倈仔睡脣項[8]，當歡喜。等朝晨跣床以後，又變轉蟾蜍个樣仔。公主想到摎自家同房个係緣投个男仔人，無係蟾蜍，就較毋會噭了。

三朝過後，皇帝想，吾皇女嫁分蟾蜍恁衰過[9]，一定日到夜噭，毋知噭到仰般衰過正得，就行去間房看，看到公主無噭，還笑咪咪吔。皇帝就問公主：「你嫁分蟾蜍，仰毋會愁？看到你像一歡喜樣仔，𠊎恅著你日到夜噭，恁樣表示你肯嫁分蟾蜍係無？」

公主講：「父王，其實摎𠊎同房个係當緣投个細倈仔，日時頭又變轉蟾蜍个樣仔。」

皇帝講：「哪有可能？恁奇怪个事情。」

公主講：「係正經吔！」

皇帝講：「今暗晡你莫睡，偷看佢仰般變細倈仔，仰般變蟾蜍，𠊎乜愛來看。」

到半夜个時節，公主看等蟾蜍摎蟾蜍衫脫忒，脫忒个衫又囥起來，正上眠床睡目。等佢睡忒去吔，公主偷偷仔跣床，去摎門打開來，喊父皇母后來看，確實有影，這細倈仔恁緣投。

爺哀講：「奇怪，仰恁細个蟾蜍，會變到恁大个人？」

公主講：「𠊎看到厥衫脫忒，就緊變緊變，變到恁大个人。」

父皇喊公主摎蟾蜍衫拿分佢看，佢看了心肝想：「恁細領个蟾蜍衫，恁奇怪，恁大个人仰會著仔落？」就拿來試著。

壞咧！一著落去，嗄變蟾蜍了，目珠矋啊矋，毋會講話了。原來个蟾蜍無衫好著，變毋轉蟾蜍，皇帝變蟾蜍，嗄變毋轉人。

後尾，駙馬就接皇帝个位子，換佢做皇帝了。

---

8 脣項：sunˇ hong，旁邊。

9 衰過：coi´ go，可憐。

華語 蟾蜍皇帝

從前，有一對夫妻，由於丈夫是獨子，妻子又一直無生育。有一天，夫妻倆便商量，若再無子女，這代就要絕後了，於是一同到註生娘娘那兒，祈求賜與一男半女來傳香火。他們向註生娘娘求道：「請求註生娘娘給我們，蟾蜍、青蛙也行，生下一個傳宗接代。」

夫妻倆祈求註生娘娘回來後，不久果真懷孕了，十月後生下一個不是兒子，也不是女兒，竟是蟾蜍一隻。丈夫希望落空，說：「生下這樣的東西，要如何傳宗接代？把他丟出去不要了。」妻子說：「別這樣嘛！雖然他不是人是動物，但也是我懷胎十月所生，你就別理他，讓他在家中自由行動就好了。」丈夫聽了妻子的話，想想也就不再說什麼了。

日復一日，年復一年，蟾蜍也長大了。有一年，西方的番國[10]來攻打中原，滿朝的武將都派出對陣，但全都敗下陣來。為了守住江山，滿朝文武建議貼出告示，徵召天下英雄，若有人能擊退番人，便招為駙馬，及封賞為高官。

蟾蜍看到這則告示，趕緊自外頭跳著回家，第一次開口說話，叫「爸爸」。

父親說：「你平常不曾說過半句話，怎麼突然會說話了？」

蟾蜍說：「平常沒特別的事，我也就不曾跟您說話。現在我有事情要拜託您，否則，我自己沒辦法做。」

父親問：「是什麼事情呢？」

蟾蜍說：「拜託您上街去，幫我把牆上貼的告示撕下來。」

父親說：「撕下來要做什麼？那是要擊退番人的。撕下告示，又

---

10 番國：fan´ gued`，舊時中國稱呼外國的一種用語。

沒有去征討番國，會有殺頭之罪的。」

蟾蜍說：「我知道，您去幫我撕下即可。」

父親說：「你真的有辦法？我年紀已老，是沒有辦法了。」

蟾蜍說：「如果班頭問您，為什麼要撕下告示，您就告訴他，是我拜託您撕的，您再帶我去。」

說完，他的父親便道街上撕下告示，班頭看到了，馬上問他：「你撕告示，你知道規矩嗎？」

蟾蜍的父親說：「我知道，那是要征番人的。」

班頭說：「你有什麼能力去徵番人？」

蟾蜍的父親說：「我家有一隻蟾蜍，牠說牠有能力，是牠叫我來撕的。」

班頭說：「怎麼可能？我們朝廷這麼多大將去征討，都沒有辦法，牠有辦法？」

蟾蜍的父親說：「我不知道牠有沒有辦法，是牠請我來撕告示，我便來撕，如果可以，我回去把牠帶來，讓牠跟你報告。」

班頭說：「好哇！那你回去帶吧。」

語畢，他就趕了轉去，帶蟾蜍過來拜見大老爺。

大老爺問：「你不過是一隻小小的蟾蜍，人一踩就扁了，有什麼辦法打退番人？」

蟾蜍說：「我就是有辦法，才敢去撕下告示，請你帶我上朝去見皇帝。」

後來，一位班頭就抱著蟾蜍，來到金鑾殿，將事情的經過，奏明萬歲爺。

皇帝說：「滿朝的武將，都束手無策，你這麼小一隻蟾蜍，豈有可能打得退番人？」

蟾蜍講：「萬歲爺，請不必擔憂，我自有辦法。告示上寫明，若能擊退番人，可召為駙馬，及封為高官，真是如此嗎？您說話可算數？」

皇帝心想，一隻蟾蜍哪裡有辦法，一隻腳就可以踩扁了，便說：「你若有能力征番，降服番人，我會把女兒許配給你，你便可當駙馬，並加封高官。你需要多少軍隊？」

蟾蜍說：「因為我走路很慢，只要一個兵抱我去就行。」

皇帝在思考著，只要一個兵和一個蟾蜍，就算有什麼損失，也不過一個兵而已，沒有多大的關係，就答應他的請求了。於是派遣一個士兵抱著蟾蜍，前往番兵駐砸之地，快到營地前方，蟾蜍交代士兵說：「你把我放在這裡就可以了，你閃遠一點。」

士兵說：「我閃遠一點，你怎麼辦？」

蟾蜍說：「沒關係，我不是人，他們看到我也不會殺我，你不必擔心，我自己進去就行了。」

這時，已經三更半夜了！來到營邊，蟾蜍便跳啊跳的，跳進營區裡，因為牠是蟾蜍，所以沒有人會注意到牠。牠把營區裡的油和火藥，往營區四面角落撒開，再放一把火，整個營連兵都付之一炬，就這樣把番兵打敗了。

其後，那位士兵把蟾蜍抱回來，皇帝一方面鬆了一口氣，隨即又煩惱自己的女兒要嫁給蟾蜍當老婆，該怎麼辦？又不能反悔。

蟾蜍稟告皇帝：「您說話可要算數，番兵已經付之一炬了，我當不當官無所謂，公主應該嫁我為妻。」

在不得已的情況下，皇帝只好答應，並把女兒叫出來和蟾蜍抱著拜堂，並送入洞房。公主因為嫁給蟾蜍而傷心痛哭，一直哭到累了，也不知不覺睡著了。到了深夜，蟾蜍還原成一個英俊的少年郎，與公主同眠。

第二天公主醒來，發現自己竟然是和一位俊美少年共寢，反而轉悲為喜。俊美少年起床後，穿上蟾蜍外衣，又變回蟾蜍。公主想到和自己的同房的是美少年，不是蟾蜍，就不再傷心了。

三天過後，皇帝心想，我女兒嫁給蟾蜍這麼可憐，一定日夜以淚洗面，傷心欲絕。於是和皇后一起到房裡去探望她，發現公主不但沒有悲傷，反而眉開眼笑的，不禁問道：「妳為何不傷心，反而很高興的模樣？我們猜想妳一定日夜以淚洗面。這樣表示妳願意嫁給蟾蜍了？」

公主說：「父王，半夜和我同房的其實是一位美男子，只是白天又變回蟾蜍的樣子。」

皇帝說：「怎麼可能會有這樣奇怪的事情？」

公主說：「是真的！」

皇帝便說：「那今晚妳別睡，裝睡，暗中觀察如何變成男人，又如何變回蟾蜍，我也要來看。」

公主答應父王後，當夜沒有真睡著，果然看到蟾蜍將外衣脫去，並藏在某個角落，才上床就寢。等美男子熟睡之後，公主偷偷地自床上爬起來，把房門打開，讓皇上和皇后進來。皇上和皇后一看，果真是美男子，不禁問：「奇怪，這麼小的蟾蜍，怎麼會變成這麼大的人？」

公主說：「我看著牠把蟾蜍外衣脫去，人就越變越大，變成這麼大一個人。」

父王叫公主把蟾蜍外衣拿給他看，他看了心想：「真神奇，這麼小件的蟾蜍衫，這麼大的一個人怎麼穿得下？」就拿來試穿看看。

糟了！他一穿上就變成蟾蜍，眼珠眨呀眨的，不會開口說話了。原來的駙馬蟾蜍，因無蟾蜍衣可穿，變不回蟾蜍，皇帝變蟾蜍，卻變不回人。

最後，駙馬只好接下父皇的位子，當了皇帝了。

各顯神通的十／石兄弟

客語 各顯神通个十／石兄弟

頭擺有一个員外，兩公婆無降倈仔。兩公婆非常誠心，逐日打早就摜等茶摎齋果，去庄中个一間神廟，求神明庇佑佢降倈仔。從後生去求，求到六十零歲，神明都毋識分過一擺聖筊。兩公婆想，這神明還刻情[1]，恁誠心求，都毋肯答應。其實毋係神明刻情，係這兩公婆無子息，不管仰仔求乜無法度。毋過，兩公婆還係毋放棄，本本[2]逐日來求。

有一日，這間本廟个神明，分人請到別位去，就吩咐厥个守香童子講：「童子啊！今晡日侄有人請，廟項个事情侄愛交代你。你啊！就照侄往擺个方式處理，照侄平常恁樣辦。」這个童子就講：「好！主人，侄定著會照若个方式去處理。」神明恁樣就出去咧。

該日，乜係照樣盡多人來講愛求。上屋个張阿伯來求請厥个豬嫲愛降子，愛降到非常順利，另擺大條[3]，佢會打豬頭來拜。該童子答應佢，講：「侄定著會保護你。」跌有筊。下莊个牽魚个阿哥又來求咧，講：「請神明保護侄，今晡日牽當多魚仔，侄轉來過後，係講好天，會曬兜仔魚脯仔起來，侄一年个收成，吾个飯餐錢就有咧。」童子照樣答應佢，保護佢會牽當多魚仔。

1　刻情：音 kad\`qinˇ，刻薄無情。

2　本本：音 bun\` bun\`，仍然、依舊、維持原樣。

3　另擺大條：音 nang bai\`tai tiauˇ，將來長大之後。

無幾久，莊頭[4]个員外兩公婆又來咧，也係茶搿齋果摜等來，講：「神明無論仰般形，愛保護偃降倈仔。偃今兩公婆啊，一儕六十零歲，兩儕會百二歲吔，還無倈仔，今偃仰結煞？請神明庇佑啊！」童子心肝肚想：「這對公婆從來就恁誠心，到今晡日還來求，**偲**个主人啊，毋識講一擺分佢兜歡歡喜喜笑等轉，擺擺跌無筊，面仔臭臭，兩公婆頭犁犁[5]轉去。今晡日**偲**个主人無在，係無就分佢兜歡喜一擺，毋知有幾生趣喲！」該童子就分佢兜跌聖筊，保護佢降倈仔。兩公婆跌到聖筊，暢到嘴就合無起，手牽等轉，一路暢等講：「會降倈仔咧！會降倈仔咧！神明答應了！」

該暗晡，睡目時，發到一個夢，這係神廟个主神來託夢个。廟項个主神轉來咧，就問該童子：「今晡日來幾多人客？有兜麼个事？你仰般處理？」這位童子就逐項搿厥主人講：「上莊有麼人來求，下莊有麼人來求保護佢，該莊頭个員外兩公婆，乜來求。」神明就問該童子講：「你係照偃往時恁樣處理無？」佢講：「主人，偃搿你講，朝晨員外該兩公婆，有幾暢你知無？」佢講：「佢仰般暢？」該童子講：「偃想佢兜實在盡衰過[6]，從來無識一擺歡喜轉。偃想啊，主人你無在，偃就罔[7]分佢兜一個聖筊，該佢兜有幾暢？兩公婆揇等轉去你知無？」

神明聽了當譴，講：「哼！這個童子，你實在還戇！你啊！今晡日分佢兜一個聖筊，明年个今晡日，佢兜就愛降倈仔。你知無？你明知佢兜無子息，你分一擺聖筊，今這下佢轉去了，上莊講，下莊滿哪仔講，講神明庇佑佢兜降倈仔。係講一年過後，無降倈仔，大家都說

---

4 莊頭：音 zong´ teuˇ，指村莊或村莊的前面。

5 頭犁犁：音 teuˇ laiˇ laiˇ，頭部低垂的樣子，此處形容垂頭喪氣的樣子。

6 盡衰過：音 qin coi´ go，四縣腔意為「最可憐」。

7 罔：音 mong`，姑且、暫且。

佢毋顯靈，該吾飯碗會挖忒咧。你這個童子實在還戇，做無得个拿來做。」

童子講：「壞蹄咧！佢無想到到尾會挖忒自家个飯碗。這愛仰結煞正好呢？主人你愛想辦法啦！」

神明講：「佢作一個神明，都係大家有難个事情正來求，專心來求𠊎裡，應該愛分佢兜一個好个印象正做得；係全無好印象，佢拜一生人也無效啊！員外兩公婆恁善良，佢就來揇手佢。」就喊該童子講：「童子，你去員外屋下，等到三更半夜員外當好睡个時節，你去摎佢託一個夢。」

童子就問主人講：「愛講兜麼个呢？」

主神講：「你摎佢講，請佢兩公婆天光日朝晨，擎等布袋，去對面山頂高大石牯該，在大石牯下个石縫底肚，有十個石牯卵，你喊佢將該十個石牯卵，拿轉去眠床被面仔[8]放等來孵。另二擺，該十個石牯卵就會爆十個倈仔出來。」

這童子聽到當暢，趕緊走去員外屋下，託夢分佢：「你妥當咧！你會有十個倈仔。天光日趕緊擐等粄袋，去對面山頂高，該個大石頭下个石縫底肚，有十個石牯卵。你將該十個石牯卵搬轉屋家來孵，孵到久就會出子，恁仔日後會有十個倈仔。」

員外兩公婆聽到神明託夢，非常歡喜。天濛光[9]，就擐等粄袋去，緊拚拚仔走到對面山頂，該隻大石牯下等。啊！正經該石下縫，撈落去，有石牯唷！撈撈仔就堵堵十個石牯卵。兩公婆將這兜石牯卵扛轉屋家被面仔放等，開始輪等孵，像鵝嫲孵卵共樣，一儕孵上晝，一儕孵下晝。一儕孵上夜，一儕孵下夜。兩公婆一心愛降倈仔，無體

8　被面仔：音 pi´mien e`，棉被上面。

9　天濛光：音 tien´mungˇ gong´，日出前有濛濛光之際。

惜[10]講自家苦，就日夜輪等孵該十個石牯卵。實在盡衰過，緊孵，一年無出子，兩年無出子，三年乜無出子。堵堵孵到三年六個月，該日朝晨，忽然間，該十個石牯卵必必劈劈[11]，就爆爆開來，正經走出十個細人仔。

細嬰兒出來，兩公婆一看，十個肥固固[12]仔个細人仔，實在無麼个事情比這再過歡喜个了，就裝兜米乳飼佢兜。該央時，無牛乳个時節，就擂米乳分佢食，撫養這十個細人仔，乜做衫分佢兜著。兩公婆為到畜十個細人仔無閒直掣[13]，緊照顧佢兜，分佢食、分佢著，就恁仔養育佢。

毋多知仔過了幾年，細人仔大了。兩公婆想，這兜細人仔毋單淨畜大就好了，還愛教育佢，愛分佢獎進[14]。兩公婆係好額人家，本身有讀過書，就作佢兜个先生，教這十個細人仔讀書。這十個細人仔，逐個都當聽話，單淨第二個，有兜仔鱸鰻鱸鰻，較毋好讀書。

這十個細人个名仔，員外係照佢兜个動作、性格來安名。大个第先爆出來，盡聰明，麼个事情都知，就安到「知之一」。第二個盡砸，有一息仔鱸鰻仔味緒，就摎佢安到「砸之二」。第三个頸根仔當硬，就安到「硬頸三」。第四个當蠻皮，毋驚打，就安到「蠻皮四」。第五个當驚冷，長透愛著加幾領衫，就安到「寒老五」。第六个腳長長，就安到「長腳六」。第七个潦濞潦濞，就安到「潦鼻七」。第八个腳骨大大雙，就安到「大腳八」。第九個嘴闊闊，就安到「闊嘴九」。第十個目珠大大粒，就安到「大目十」。員外無同厥倈仔正式安名仔，就用這兜乳名，摎佢畜到大來。

10　體惜：音 ti` xiag`：照顧、疼惜。

11　必必劈劈：音 bid bid biag biag，蛋殼破碎之聲。

12　肥固固：音 piˇ gu gu，形容人身材肥胖的樣子。

13　無閒直掣：音 moˇ hanˇ ciid cad，事情多到沒時間休息。形容忙得不可開交。

14　獎進：音 jiong`jin，長進。

有一日，砸之二毋肯讀書，厥爸厥姆甘[15]佢讀，毋讀愛罰，罰佢去山頂項孩柴。頭擺个人，無麼个東西好燒，定著愛去撿樵[16]。阿爸甘佢逐日去山頂項撿一擔樵。這個砸之二當砸[17]，撿樵佢根本毋驚！逐日籤擔擎等[18]，行到山項，孩一大擔樵轉來。

有一日，砸之二到山項撿樵，孩等一擔樵到城門該搭仔過。城門該日鬧連連，籤擔打橫孩等會攔著人，就想摎佢攪較正兜仔，攪較直肩來恁樣。一拂一拗[19]啊去，該籤擔啊，軟軟，嗄溜走一頭，還一頭跌啊下來，該籤擔就打到面前去。該面頭前行路个人，嗄分籤擔翻著[20]。滑頭該人，毋知係佢孩東西溜走，毋係挑事[21]。這兜人講：「哦！該員外有錢人，降个倈仔打人，你看！籤擔粘打人，人分佢打著。」就投到大老[22]該去。大老就將砸之二撖[23]起來，講：「這個孤盲[24]，若爸有錢，你就在該太保樣啊，無人推[25]你做毋得。俚天光日開庭个時節，升堂審問，俚捋[26]一擺分你看，分你知，做毋得有錢就做得打人。」

大貨仔[27]知之一當聰明，聽到過後，講：「哦！天光日砸之二要用

15　甘：音 gam´，勉強。

16　撿樵：音 giam` ceuˇ，撿柴。

17　砸：音 zab`，強壯、穩固有力。

18　籤擔擎等：音 qiam dam´kiaˇden`。籤擔，竹子兩頭削成斜尖，可穿人捆好的柴束，利於單挑的東西。籤擔擎等，舉著籤擔。

19　一拂一拗：音 id`fid`id`au`，一摔一轉。

20　翻著：音 pan´do`，打到。

21　挑事：音 tiau´ sii，故意。

22　大老：音 tai lo`，縣太爺。

23　撖：音 saˇ，捉。

24　孤盲：音 go´ mo´，罵人之語，意指別人很壞。

25　推：音 tui´，打。

26　捋：音 lod，打。

27　大貨仔：音 tai fo e`，稱謂。用以稱兄弟中年紀最長，排行第一的人。

打哩喲，砸之二打會唉[28]，會痛到佇毋著[29]，愛仰結煞？恁仔好吔，換蠻皮四去，蠻皮四你去問。」

做麼个恁好有好換哪？因為佢兜十兄弟，雖然性格各無共樣，但係佢兜就像多胞胎樣仔，面形共樣，人形乜共樣。故所，知之一喊蠻皮四：「你這孤盲生來就打毋識痛，天光日去分人打，試看仔皮會癢無？」蠻皮四講：「別項事情偓毋知，講到打，偓毋驚啦！」佢就去了，偷偷仔將砸之二換轉來，蠻皮四戴該片。

第二日朝晨，大老升堂，講：「自恅著有錢就做得亂打人，打！」就用大板打厥屎朏，兩三个差子打著氣噗噗，蠻皮四連「唉」一聲都無，還講：「過來啊！堵好有兜仔皮癢癢。」該大老講：「喲！還那孤盲，有錢人講會鱸鰻著恁鱸鰻，毋驚打。好，你毋驚打，偓天光日再過升堂起來，摎若个頸根撙[30]走。你試看啊，撙𡟓[31]佢。」

知之一知著，大老天光日要撙蠻皮四个頸根，仰結煞？講：「硬頸三，你去啊！若个頸根生來就毋正，長透偏偏，分佢撙撙啊，看會較好上下、較鬆爽一息無啊？」硬頸三講：「好啊！好，偓去。」

第二日，硬頸三分人挻[32]出去，要撙厥頸根。三、四个差仔揿等[33]佢，愛撙厥頸根，頸根竟然連偏一息仔都無。大老講：「喲！這有錢人家个細人，仰會恁奇怪啊！毋驚打，乜毋驚撙頸根，無成係鐵打个？就係鐵打个，偓乜有法度治你。若頸根硬，天光日摎你捉來搕[34]該鐵籠床落去，用炊个，到時鐵乜會軟下來。」

---

28 唉：音 ai´，痛的叫聲。

29 佇毋著：音 du mˇ diauˇ，指身體或心理不能負荷或承受。

30 撙：音 zun`，扭轉。

31 𡟓：音 fe`，歪，不正。

32 挻：擿音 sung`，推。

33 揿等：音 kim den`，用手向下壓住，使之不動。

34 搕：音 eb`，置入。

知之一知著，講：「寒老五，你去喲！你一生人無感覺燒暖過，天光日有機會分你去燒暖燒暖。」寒老五講：「係講恁仔，該𠊎來去。」寒老五就去換硬頸三轉來。

第二日，大老一食飽就在該準備鐵籠床，將大風爐架起來，火炭搲落去，火就燒起來，再摎寒老五捉落去鐵籠床，弇蓋來炊。就恁仔緊炊，炊到暗晡頭。大老講：「這下總怕，皮怕溜[35]咧，骨怕軟咧，看看仔你有幾鱸鰻！」無想到，籠床打啊開來，寒老五跣啊起來，鼻公頭堵堵正一息咧汗定定。大老講：「該好呀！這兜方法奈你無何，𠊎毋相信。好！天光日搣一條船仔，將佢載到海中央去沉海，看你幾狡怪？」

知之一聽到寒老五要分人沉海底，這做毋得，佢講：「長腳六啊！你生該雙腳恁長，天光日換你了！」長腳六「哼！」了一聲，講：「係講要沉海底，水𠊎毋驚，講佢深乜無幾深。」長腳六就去換轉寒老五。

第二日，載等長腳六要摎佢沉到海肚，船仔緊向前開，大老个差仔摎佢載到水深个位所，摎佢擐起來，擲[36]落海肚。一擲下去，長腳六就企起來，海水正到厥膝頭面定定。長腳六个腳竟然生著恁長，佢就在該海中央企等。

大老講：「還奇怪！摎佢擲到海肚，厥腳骨竟然生到恁長？企起來又浸佢無著，該愛仰結煞呢？好，既然係恁樣，𠊎就分你企到海中央，不准你跣起來！」

頭擺个人，無像這下儘採就有船仔，一般人係無船个。長腳六在海中央企等，雖然浸毋死佢，但係三餐毋分佢食，該愛仰結煞？知之一想：「係講佢緊在海中央企等，大家無船也無麼个好去救佢，大老

35　溜：音 liu，經由磨擦而導致擦破皮膚表皮。

36　擲：音 deb，丟擲。

个船又毋肯借人，該會枵死[37]在該位。對！有法度，喊大腳八來。」知之一摎大腳八講：「你去看看仔海脣該窟水，若个腳骨恁大雙，敢做得摎海水撥燥無？」

大腳八行到海脣去看，講：「哦！這窟水該毋怕啦！」大腳八伸出厥大腳骨，將海水撥啦撥，無幾多點鐘，海水就分佢撥燥忒了。海水撥燥忒了，海底滿哪仔都係魚仔。上下莊个人，掛[38]大老个差仔，都毋記得自家个身份，遽遽捉魚仔較要緊，大家捉魚仔轉去食。這時差仔乜毋顧長腳六了，就轉屋去，佢兜兄弟仔乜順續捉兜仔魚仔轉去。

轉到屋，大自家想，無閒恁多日，有五、六日都無食過東西，這下事情過吔，大家乜肚屎枵咧！總算做得摎捉轉來个魚仔，切切剁剁煮來食。但係，該日砸之二孩个柴，因為打到人無孩轉來，屋下無柴好燒，愛拿麼个來煮呢？大家就參詳，無柴好燒愛仰結煞？這下無人有恁煞猛去山項撿柴，肚笥恁枵啊！

大腳八講：「毋怕！你去拿枚針分偃，偃有法度！」大腳八拿著一枚針，講：「偃頭下[39]用腳撥水个時節，腳底像戳著竻[40]樣仔，偃摎佢挑出來，你這兜準備煮食！」大腳八就摎腳底个竻挑出來，堵堵有三擔過一籮，就將該柴拿來煮魚仔。魚仔煮熟了，就用勺嫲裝到盆頭肚，大家都來食咧。

該隻闊嘴九，多日無食東西，該嘴又大，佢先走前來拿等一個碗，一碗一口、一碗一口，低頭緊食。

該隻大目十盡細，搶毋到東西好食，看著闊嘴九恁樣食，一下子就要分佢食忒咧。大目十看到東西分佢食淨淨，就噭起來。這一噭

37 枵死：音 iau´xi`，餓死。

38 掛：音 gua，就連。

39 頭下：音 teuˇha，剛才、剛剛。

40 竻：音 ned`，刺。

毋得了，該目汁水一出來，拂[41]啊去，將該莊尾个田打忒十過甲。

今就壞咧！莊尾个人走來，譴到蹦飆[42]，講：「員外你到底仰般？若俫仔个目汁水，摎莊尾个田打忒十過甲，今該仰結煞呢？」又愛來去投大老。

知之一說：「無愛啦！無愛啦！偃摎你整轉去好無？該十過甲，無問題。毋使愁，你大自家等一下吔，下後，喊吾老弟摎你搣轉去。」知之一同潦鼻七講：：「潦鼻七啊！用著你囉，這最尾步用著你囉！」潦鼻七講：「愛做麼个？」知之一講：「若鼻公个鼻膿專門大嘛搭[43]大嘛搭。該莊尾分大目十个目汁水打忒十過甲地啊！今你去吧！摎佢鬥倒轉去，恁仔就無事了。」潦鼻七走到莊尾企等，講：「好。」莊尾人講：「同偃搣轉去，就無事了。」大家就恁仔化解無事咧。

華語 各顯神通的十／石兄弟

從前有個員外，兩夫妻膝下沒有兒子。夫妻倆非常誠心，每天一大早提著清茶、齋果，到村中的一間神廟，祈求神明庇佑他生兒子。從年輕時開始，直到六十幾歲，神明都不曾給過一次聖筶。兩夫妻想，這神明真是苛薄無情，這麼誠心祈求，都不肯答應。其實不是神明薄情，而是兩夫妻命中註定沒有子嗣，再求也沒辦法。但兩夫妻始終不放棄，依舊每天前來祭拜祈求。

這一天，這家神廟的神明，接受別家的邀請，要到外地去赴宴，就吩咐守香童子說：「童子啊！今天我應邀出門赴宴，廟裡的事交代

41　拂：音 fin，甩。

42　譴到蹦飆：音 kien`do bang`beu´，氣到跳腳。

43　大嘛搭：音 tai maˇ dab，一大堆，一大坨。

給你。你呀！依照我平時處理的方式去做，平時怎麼辦就怎麼辦。」童子應聲說：「好！主人，我一定會照你的方式去處理。」神明這就出門了。

那天，一如既往，有許多人來祭拜求助。上屋的張伯伯祈求，他家母豬待產，希望能生得順利，產後會挑選一隻大豬，用豬頭來酬謝。童子答應他，說：「我一定會庇佑你。」擲了聖筶。下村那邊捕魚的哥哥又來求助，說：「請神明保佑我今天捕到很多魚，我回來之後，如果好天氣會曬些魚乾保存起來，我這一年有了收成，就不致三餐不繼了。」童子照樣答應他，庇佑他能網到很多魚。

不久，村里的員外兩夫妻又來了，還是清茶、齋果等提著來，祈求神明無論如何庇佑我們能生兒子。說：「我們兩夫妻，一人六十幾歲，兩人加起來有一百二十多歲，還沒有生兒子，怎麼辦？神明保佑吧！」童子心想：「這對夫妻那麼誠心，直到今日還來祈求，我家主人卻從來沒有讓他們有一次高興地回去，每次擲筊都未曾聖筊，總是滿面愁容地回去。今天我家主人不在，是不是就讓他們高興一次，那該多麼有趣啊！」童子就給他們聖筊，答應讓他們生個兒子。夫妻倆擲出聖筊，喜出望外，手牽手趕忙回家，一路歡天喜地說：「會生子了！神明答應了！」

當晚，睡覺時做了一個夢。這是神廟的主人來託夢的。主神回家問起童子：「今天有多少人來祈求？有什麼事？你如何處理？」這位童子一五一十向主人說：「上庄有某人來祈求，下庄有某人來祈求保護，村里的員外夫妻檔，也來祈求。」神明問童子說：「你是否依照往例來處理？」他說：「主人，我告訴你，早上員外兩夫妻有多麼高興你知道嗎？」他說：「他怎麼高興？」「我想他們實在很可憐，從來沒有一次高高興興的回去，主人你不在，我就姑且給他們一個聖筊，他們有多麼高興？兩夫妻相擁回去你知道嗎？」

神明聽完氣呼呼說:「哼！童子你實在太愚笨了！你呀！今天給他們一個聖筊，明年的今天他們就得生兒子。你知道嗎？你明知他們無子嗣，你給一次聖筊，現在他回去了，上庄下庄到處說，說神明庇佑他們生兒子。如果一年後，未能生出兒子，大家都說我們不靈驗，那我們的飯碗不是砸了嗎？你這個童子實在很笨，做了不該做的事。」

童子說:「糟了，我沒想到最後會砸了自己的飯碗。這該怎麼辦才好呢？主人你可要想個辦法！」

神明說:「我們身為神明，就是大家有困難才來相求，誠心求助就應該給他們一個好的印象；如果都沒有好的回應，他們虔誠祭拜了一輩子又有什麼用？員外兩夫妻那麼善良，就讓我來助他們一臂之力。」於是告訴童子說:「童子，你去員外家，等到三更半夜員外熟睡時，託給他一個夢。」

童子問主人說:「要說些什麼呢？」

主神說:「你跟他說，請他們天亮後，兩夫妻拿著布袋，到對面山頂上大石頭那兒，在大石頭下的石縫裡面，有十個鵝卵石，你叫他將那十個鵝卵石，拿回家放置在棉被裡孵化。不久，那十個鵝卵石就會蹦出十個兒子出來。」

童子聽到非常高興，急急忙忙跑到員外家，託夢給員外:「放心啦！你將會有十個兒子，天亮時趕緊提著布袋，去到對面山頂，那個大石頭下石縫裡有十個鵝卵石，將十個鵝卵石帶回家孵化，不久，就會生出兒子，這樣你將來會有十個兒子。」

員外兩夫妻聽到神明託夢非常高興。天色還沒亮，就提著布袋前去，急忙衝到對面山頂，那個大石頭底下。啊！果真有條石縫，伸手去撈是石頭。撈起來數數看，剛好十個鵝卵石，兩夫妻把它扛回家，放在棉被裡，開始輪流孵，像母鵝孵蛋一樣，一人孵上午，一人孵下午。一人孵上半夜，一人下半夜孵。夫妻一心要生兒子，也顧不得辛苦，就這樣日夜輪流那十個鵝卵石。實在很可憐，辛苦持續的孵著，一年未孵化，兩年未孵出，三年也未孵化。到了三年六個月的那天早晨，忽然間，那十個鵝卵石爆裂開來，真的走出十個小孩。

小嬰兒出來，兩夫妻一看，十個胖嘟嘟的小孩，實在沒有什麼事情比這更高興的了，就裝些米漿餵食他們。在那時沒有牛乳，只能擂米漿餵食小孩，撫養這十個小孩，也做衣服給他們穿。兩夫妻為扶養十個小孩忙得不可開交，一直照顧他們，給他吃、給他穿，就這樣撫育著。

不知不覺過了幾年，小孩長大了，兩夫妻想，這些小孩子並不只是餵養就行了，還得教育使他們日後能夠成材。兩夫妻是富裕人家，本身有讀過書，就兼職作他們的老師，教這十個孩子念書。這十個孩子都很聽話，唯獨第二個，有些地痞流氓的氣息，比較不喜歡念書。

這十個孩子的名字，員外是依照他們的動作、性格特徵來命名。大的最先蹦出來，最聰明，什麼事都知道，就叫作「知之一」。第二個身強體壯，有點流氓味道，叫作「砸之二」。第三個很倔強，脖子很硬，叫為「硬頸三」。第四個非常頑皮，不怕挨揍，稱為「蠻皮四」。第五個非常怕冷，經常要多穿衣服，稱為「寒老五」。第六個腳很長，稱為「長腳六」。第七個鼻涕流不停，就做「流鼻七」。第八個有雙大腳丫，叫作「大腳八」。第九個嘴巴很大，叫作「闊嘴九」。第十個眼睛特大，叫作「大目十」。員外沒有為孩子正式取名，一直用這些乳名稱呼他們。

有一天，砸之二不肯念書，父親強迫他一定要讀書，不讀書就要受罰，罰他到山上去砍柴。從前的人沒有什麼可以當燃料，只有到山上去砍柴。父親要他每天到山上撿拾一擔柴。這個砸之二身體很強壯，砍柴根本不怕，每天拿著兩頭削尖的扁擔走到山上，挑一大擔柴回家。

有一天，砸之二到山上砍柴，挑著一擔柴路過城門附近。當天城門非常熱鬧，扁擔橫著挑會攔阻別的行人，就想把它調整一下直著挑。這一轉動，因為扁擔軟軟的，一邊竟然滑走，另一邊則掉了下來。扁擔反彈結果行人被打了正著，旁邊的人不知道是挑東西滑走，並非故意。這些人說：「哦！那員外有錢人，生的孩子打人，你看！用扁擔打人，人也被打個正著。」於是投訴到縣太爺那邊。縣太爺把他捉起來，說：「你這個壞東西，仗著你父親有錢，就擺出一副太保的樣子，沒人修理你不行。我明天開庭時，升堂審問，揍你一頓，讓你知道不能憑著有錢便可打人。」

大哥知之一非常聰明，聽到之後，說：「哦！明天砸之二要挨打，砸之二挨打會痛受不了，該怎麼辦？這樣好了，那蠻皮四去，蠻皮四你去受審。」

為什麼可以去受審呢？因為他們十兄弟，雖然性格各不相同，但是他們就像多胞胎一樣，外貌相似，體型也相似。因此，知之一叫蠻皮四：「你生來就打不會痛，明天去挨打，試看會不會感覺到皮癢癢的。」蠻皮四說：「別的事情我不知道，說到挨打我不怕啦！」他就去了，偷偷地把砸之二換回來，蠻皮四待在那兒。

天亮，縣太爺升堂，說：「自以為有錢就可以胡來，打！」用杖打屁股，官差使勁用大板、藤條打，兩三個官差打得自己上氣不接下氣，氣呼呼的，蠻皮四連吭一聲都沒有，還說：「再打啊！正好有些皮癢癢的。」隨後，縣太爺說：「喲！真奇怪，有錢人家竟然皮到這種地步，不怕挨打。好，你不怕挨打，我明天再升堂審問，把你的脖子扭歪。你試試看好了，脖子把你扭歪掉。」

知之一知道，縣太爺明天要扭蠻皮四的脖子，怎麼辦？說：「硬頸三，你去吧，你的脖子本來就不正，經常歪歪的，去讓他扭扭看，也許會運轉自如，比較舒服一些。」硬頸三說：「好啊！好，我去。」

第二天，硬頸三被推了出去，要扭他脖子，三、四個官差按住他要扭脖子，脖子竟然連偏一點都沒有。縣太爺說：「喲！這有錢人家的孩子，真奇怪啊！不怕挨揍，也不怕扭脖子，難道是鐵打的？就是鐵打的，我也有辦法治你。你脖子硬，明天把你捉進鐵蒸籠，用蒸的，到時鐵也會軟下來。」

知之一知道後，說：「寒老五，你去吧！你一輩子的穿著都沒感覺暖和過，明天有機會讓你去暖和暖和。」寒老五說：「如果這樣，那我去。」寒老五去換回硬頸三。

隔天，縣太爺吃飽飯就準備鐵蒸籠，將大爐架好，木炭加妥放火燒起來，把寒老五放進鐵蒸籠，蓋上蓋子蒸起來，就這樣持續蒸著蒸到晚上。縣太爺說：「現在，應該剝了一層皮吧？骨頭也應該軟了，看看你有多厲害！」打開蒸籠一看，寒老五站了起來，只在鼻尖的地方冒一點汗而已。縣太爺說：「那好，這些方法對你都無效，我不相信。好！明天弄一艘船，將他載到海中央丟到大海哩，看你如何作怪？」

知之一聽到寒老五要被沉入海底，這可不行，他說：「長腳六啊！你天生有雙長腳，明天換你了！」長腳六「哼！」了一聲，說：「如果要沉入海底，水我可不怕，說深嗎？也沒多深。」長腳六就去換回寒老五。

第二天，載著長腳六要把他沉到海裡，船一直往前開，官差把他載到水深的位置，將他提起來丟落海裡，一丟下長腳六就站了起來，海水只不過到他膝蓋左右而已。長腳六的腳實在很長，他就在海中站立著。

縣太爺說：「真是奇怪！把他丟入海中，他的腳竟然長得這麼長？站在那裡居然淹不死他，該怎麼辦呢？好，既然是這樣，我就讓你在海中站著，不准你上岸！」

從前的人，不是隨隨便便能擁有船隻，一般人是沒有船的。長腳六在海中站立著，雖然淹不死他，但是三餐不給他吃，該怎麼辦？知之一想：「如果他一直在海中站著，大家沒有船或其他工具前去救他，縣太爺的船又不肯借人，那會餓死在那裡。對！有辦法，叫大腳八來。」知之一跟大腳八說：「你去看看海邊那池水，你的那雙大腳，能不能把海水撥乾。」

大腳八走到海邊站著看，說：「哦！這池水沒問題啦！」大腳八伸出他的大腳，在海中撥了又撥，不到幾小時就撥乾了。海水被撥乾了，海底到處都是魚。上下村落的人，連縣太爺底下的官差，都忘記自己的身份，趕忙捉魚要緊，大家捉魚回去吃。這時官差也顧不了長腳六了，於是他就回家去，他的兄弟們也順便捉些魚回去。

回到家，大家心想，忙了這麼多天，有五、六天都沒吃過東西，現在事情過了，大家都覺得肚子餓啦！終於可以把剛剛捉回來的魚，切切剁剁煮來吃。但是，那天砸之二所挑的柴，因為打到人沒挑回來，家中沒柴可燒，用什麼來煮呢？大家於是商量，沒柴可火可燒怎麼辦呢？現在沒人有這麼勤快去山上撿柴火，肚子又這麼餓。

大腳八說：「別怕！你去拿根針給我，我有辦法！」大腳八拿根針，說：「我剛剛用腳撥水時，感到腳底有一根刺刺的，我把它挑出來，你們準備煮東西吧！」大腳八把腳底的刺挑出來，鋸一鋸有三擔又一籮，就將那些柴用來煮魚，大家煮魚要緊，魚煮熟了，用勺子裝在盆子裡，大家都來吃了。

那個闊嘴九多天沒吃東西，嘴巴又大，他搶先拿個碗，一碗一口、一碗一口，埋頭猛吃。

那個大目十排行最小，搶不到東西可吃，看到闊嘴九這種吃法，馬上就要被他吃完。大目十眼看東西被吃完，就哭了起來，這一哭不得了，那淚水泉湧而出，匯聚成流沖刷過去，那村尾的十幾甲田地被沖得精光。這下可糟了，村尾的人前來，暴跳如雷，說：「員外你到底怎麼回事？你孩子的淚水沖毀村尾十幾甲田地，現在該怎麼辦呢？」又要去投訴縣太爺。

知之一說：「不要啦！不要啦！我幫你整修回復原狀好吧！那十來甲地沒問題。別擔心，你們大家等一下，稍後我弟弟幫你們整修回復原狀。」他說：「流鼻七啊！用上你了，這最後一步棋用得著你！」他說：「做什麼？」「你鼻孔內鼻涕一大坨，村尾被大目十的淚水沖毀十幾甲田地，現在你去吧！用鼻涕填回去讓它回復原狀，這樣就沒事了。」流鼻七走到村尾站著，說：「好。」村尾人說：「只要把它整修回復原狀，那就沒事了。」大家就這樣把事情順利解決了，而相安無事。

機靈的土地婆

客語 靈通个伯婆

頭擺，有一間伯公廟，服侍伯公摎伯婆。有一日，四儕人同時去求伯公，係做得一年平安順序，麼个事都完成，一定會準備大大个豬頭來答謝。

第一儕講：「伯公啊！請你保護落水，俚種麥就毋使淋[1]。」

第二儕講：「該做毋得，伯公你愛保護好天，俚愛曬魚脯仔。」

第三儕講：「俚求愛吹南風，駛帆船順南。」

第四儕講：「該做毋得，俚愛吹北風。」

伯公聽了頭那[2]痛，今該仰結煞，愛仰般咧？伯婆跳啊出來，講：「這有麼个難？四隻豬頭全部都愛，你聽好：

夜裡落水日裡晴，魚脯會燥麥會生；

上晝南風下晝北，四付豬頭做下得。

1　淋：音 limˇ，澆水。

2　頭那：音 teuˇ naˇ，頭、頭部。

華語 機靈的土地婆

從前，有座土地公廟，供奉有土地公和土地婆。有一天，四個人同時來祈求，若這一年能平安順利，諸事圓滿達成，一定會準備大大的豬頭來酬謝土地公。

第一位說：「土地公啊！請你保佑下雨，我種的麥就不必澆水了。」

第二位說：「那不行，土地公你要保佑天晴，我要曬小魚乾。」

第三位說：「我求你吹南風，帆船才能順風吹向南方。」

第四位說：「不行，我要你保佑吹北風。」

土地公聽完很頭痛，怎麼辦呢？要如何處理？土地婆衝出來，說：「這有什麼難的？四隻豬頭通通都要，你聽好：

晚上下雨白天晴，魚脯會乾麥會生；
上午南風下午北，四個豬頭都收下。

母豬找上門

客語 豬嫲尋上門

頭擺，有一個會畫符誥[1]个算命仙，當痴哥[2]，看到靚細妹就會撩佢。

有一擺，有一個當靚个細阿妹去畀算命，佢看到這細阿妹一中意哦，算算咧就畫一個符誥分佢，摎佢講：「這啊，你轉去燒燒仔，拿來傍茶啉落去啊。」

該細阿妹轉去，照算命仙个吩咐，燒燒仔，愛攎茶咧，又想：「該算命先生看人个目珠一得人驚咧！」想想仔嗄毋敢啉落去，拿來倒落汁桶項[3]。

到尾，該汁就拿去餵豬嫲吔！無想到，豬嫲食食咧，星光半夜在該嗚嗚滾，對豬欄肚跳出來，直直走，走去該算命仙个屋家去，緊抨厥門，愛尋佢啊！

1　符誥：音 puˇ gau，道家用以驅役鬼神的符文和咒語。

2　痴哥：cii´ go´，（貶）原意為痴情的男子，後來指好色的男子。

3　汁桶項：ziib`tung`hong，餿水桶裡。

華語 母豬找上門

從前，有一個會替人畫符解厄的算命仙，天生好色，每次見到漂亮的女孩，就會挑逗或調戲她。

有一次，有一個非常漂亮的女孩去找他算命，他很中意這個女孩，所以在算命之後就畫了一張符交給她，跟她說：「這張符妳拿回去把它燒了，用開水沖符灰燼，再把它喝了。」

女孩回去之後，照算命先生的吩咐，將符燒了，沖好開水，想要喝時，忽然想起：「那算命先生看人的眼神真讓人害怕！」想著想著，也就不敢將符水喝下去，便把符水倒在餿水桶裡。

後來，那桶餿水就被拿去餵母豬了！沒想到，母豬吃了之後，三更半夜發情，在那裡嗚嗚叫著，從豬圈裡跳出來，拼命地跑，跑到那個算命先生的家，死命地敲他的門，要找算命的啊！

鬼捉弄賭博的人

客語 鬼鬧賭繳人

頭擺，有一儕人講：「唉喔！逐擺賭繳時，該鬼就跋踠起來，來搣煞[1]該兜人囉！」

仰般搣煞哩？該兜賭繳人到下夜愛轉，鬼就攔緊毋畀過，還緊鬧佢。該儕人譴著，第二下晝來認，看到這位有三蓖火，就係有三粒「金斗甕」在該位，心肝肚想：「哦！你好膽來搣煞俚吭！」

轉去就將厥餔娘做月該大裙[2]，暗夜同佢拿來。該鬼出去咧，就用大裙摎金斗甕圍緊，鬼愛入嗄入毋得咧。佢賭繳倒轉來，該垃圾[3]啊，做下捩捩轉[4]在迴咧。

該賭繳人就講：「看你下二擺還敢恁泥搣煞俚無？」該鬼搖頭講：「毋敢吔！」

1　搣煞：med` sa，作弄、舞弄。

2　大裙：音 tai kiunˇ，從前臺灣婦人穿的大黑褲，褲管很大，褲頭沒有鬆緊帶，用交叉帶塞緊。生產時會放在產婦身下墊著。

3　垃圾：音 la`sab`，髒東西，這裡泛指孤魂野鬼。

4　捩捩轉：音 lid` lid` zon`，團團轉。

華語 鬼捉弄賭博的人

從前，有一個人說：「唉喔！每次在賭錢時，鬼就爬起來，和那些人搗蛋了！」

怎麼搗蛋呢？那些賭博的人到下半夜要回家了，鬼就把路攔住，讓他不能過去，還不斷作弄他。那個人被他一鬧生氣了，第二天下午回到這兒來指認，看到這裡有三朵火苗，就是有三個「金斗甕」在那兒，心裡想：「哦！你竟敢來捉弄我！」

回去就把他老婆坐月子時沾滿血汙的大黑褲，晚上去賭博時把它帶出來。當該鬼出去時，就用黑褲把金斗甕圍住，讓鬼想進去也回不去。等到他賭錢回來了，那些孤魂野鬼啊，全部在甕外團團轉，繞來繞去的。

那賭錢的人說：「看你下次還敢不敢這樣捉弄我？」那些鬼搖搖頭說：「不敢了！」

娶鬼老婆

客語 討鬼餔娘

頭擺个耕田人當多，一割禾就會割當久。有一個做長年个細阿哥仔，去摎頭家割禾。厥屋家離頭家屋無幾遠，上下莊定定。佢下把吔轉屋家睡，下擺仔就在頭家該睡。

田中心有一門風水，長透蒔田、割禾該下，就會在這門風水項食點心。有一個細阿哥仔食點心該下，看到風水牌打等「姑婆」。因為這門風水係頭家个妹仔過身，有錢人就打「姑婆」。細阿哥食飽去吔，在風水面前講：「打姑婆，又毋分偓做祖婆。」走以前在風水脣痾一堆尿。食飽夜去吔，頭家拿一包粢粑仔分細阿哥帶轉去，分厥爺哀摎餔娘、子女好食。

細阿哥仔行到半路，一個細妹仔來尋佢，同佢講：「某名，你下晝講个話你還記得無？你講偓做姑婆，毋分你做祖婆。這下偓愛來尋你囉！偓帶你來吾屋家。」

細阿哥仔聽佢講，知佢係鬼嫲，毋過佢膽識一大，好奇好奇个，就同佢講：「妳明明係死忒个人，仰看起來像還生个人？你喊偓去若屋家，若屋家在哪？」

細妹仔講：「就在你逐擺食點心个所在。」

佢講：「偓食點心个地方係風水，偓仰會去得？」

細妹仔講：「你跈等偓就去得。」

佢跈等去看，著喔！看到就係瓦屋樣仔，同一般个屋仔共樣共樣。

佢講：「偃攞一包粢粑仔，愛轉去分吾爸吾姆食，愛哪放？」

細妹仔講：「橫屋項有壁釘仔，吊該就好了。」

粢粑仔吊好了，細妹仔就喊佢睡目，佢明知佢係鬼嫲，亦共樣摎佢共下睡。

第二日朝晨跍起來，一行出門就完全無共樣了，係風水个樣仔。該包粢粑就挽到[1]風水脣一頭芭仔樹椏[2]項，原來芭仔樹係昨晡日个壁釘仔。

過後，逐暗餔細阿哥仔都會去尋鬼嫲，因為佢幾下日無轉屋，厥爸、厥餔娘感覺當奇怪，就去喊佢轉。厥餔娘同頭家講：「拜託你喊吾老公愛轉屋，吾家官、家娘緊念佢，毋轉去看老人家。」

頭家講：「有啊！佢逐暗晡食飽夜就跈等轉了，哪有無轉个道理？豈有此理。」

心臼轉去摎家官、家娘講實際个情形，家娘講：「佢一定變鬼變怪，暗晡夜偃老人家來煮，你隔前去等佢，摎佢帶轉來，係無，又毋知佢愛走去哪變鬼變怪。」

餔娘跈等，佢就乖乖轉屋家睡目，毋過，睡到半夜又走忒了。逐暗晡就去帶，暗晡頭睡到哪久分佢走忒就毋知。逐暗晡就共樣共樣。

有一段時間了，阿姆想：「恁奇怪，餔娘掌等了，哪久走忒就毋知，偃毋相信。」該日就睡當晝，睡飽飽，暗晡頭無愛睡，認真來掌等，聽到佢打門去咧，就摎佢拉等，無愛分佢走。結果門本來栓好，佢根本無打門就走忒了。

聽講，人摎陰共下睡久了，面會走色，身體會弱忒。這個細阿哥仔个身體緊來緊無共樣，人樣仔強強會變忒了。厥屋家人就去問神，神明講：「佢分陰人纏身，愛摎佢和息，係無和息，久了人會分佢帶

1 挽到：音 van\` do，掛在。

2 樹椏：音 su a′，又讀 su va′，樹枝。

走。」結果，不管仰般和，細妹仔亦毋肯，佢愛細阿哥仔摎佢討轉去。

下後，高不將同頭家講，用憑媒六禮討厥香火轉屋，頭家也一好，墊一多錢分佢，分厥妹仔有歸宿，毋會做老姑婆。

華語 娶鬼老婆

在從前那個時代，割稻子有換工的方式，也有由長工來割稻的。這位大地主的田地十分遼闊，稻子收成時要割上十幾天才能完成。有一位做長工的年輕男子，去幫地主割稻。他家離地主家不遠，上下村莊而已。他有時會回家睡，有時因稻子割晚了，就留在地主家過夜。

在地主的田地中央，有一座墳墓，平常無論插秧、割稻，都是把「點心擔子」挑到這裡，大夥兒也都是在這裡吃點心。這位年輕男子在吃點心時，看到墳墓石碑上寫著「姑婆」的字樣，這座墳是大地主的女兒過世後埋葬在此，因為是有錢人，所以刻的是「姑婆」字樣。這個年輕人用過點心後，笑著說：「刻的是『姑婆』，不如給我當『祖婆』較好。」說完，在離開墳墓之前，就在墓地旁的田埂邊，撒了一泡尿才走。那天晚上，吃過晚餐，大地主拿一包粢粑給他帶回家，給老婆子女吃。

走到半路，那個女鬼就趕到他回家的路上攔住他，問他說：「你下午講過的話還記得嗎？你說我當姑婆，不如給你當祖婆。我現在就來找你，帶你去我家。」

這年輕人一聽，就知道她是女鬼，但他是個好奇心很重，膽子很大的人，就跟她說：「妳看起來是人，卻已經過世了，令人難以相信。你叫我去妳家，妳家在哪裡？」

女鬼說：「就在你每次吃『點心』的地方。」

他說:「我吃『點心』的地方是墳墓,那地方我不得其門而入。」

女鬼說:「你跟著我走就去得了。」

年輕人跟著去探究竟,果真!走到了一看的確是瓦房,和一般我們住的房子一模一樣。

他說:「真是奇了,我提了一包粢粑,想帶回家給我父母妻兒吃的,要放哪裡?」

女鬼說:「橫屋(護龍)牆上有釘子,掛在釘子上就可以。」

粢粑掛好了,女鬼叫他可以睡了,年輕人明知她是女鬼,還是照樣進房跟她一起過夜。

第二天一大清早,天未明,年輕人醒來走出門外,情景就不一樣了,變成原來墳墓的樣子。昨晚那包粢粑,就掛在墳墓旁一棵芭樂樹椏上的一支凸枝上,原來芭樂樹就是昨晚「牆上的釘子」。

從此,年輕人每天夜裡都會到這裡來,因為好幾天沒回家,他的家人不禁覺得奇怪,年輕人的父母交代媳婦,告訴兒子別老是在地主家過夜,記得回家。年輕人的妻子到地主家,跟地主說:「拜託你叫我老公要回家,我公婆叫他別老不回家,有時是應回來看看老人家。」

地主說:「他有啊!他每天晚上吃過晚餐就回家了,哪有沒回家的事?豈有此理。」

媳婦回到家後,一五一十的告訴公婆,婆婆說:「這個人一定有問題,今天晚餐我老人家來煮,妳提早去等他,把他帶回來,不然,又不知道跑到什麼地方去做些鬼鬼怪怪的事。」

果真,有老婆跟著,他就乖乖回家過夜,可是睡到半夜就跑了。他老婆每天晚上都去接他回家,但他都是睡到半夜人又跑了,他老婆連他何時離開都不知道,完全無法防備,每晚都是這樣。

經過一段時間了,他媽媽想:「真是奇怪,老婆守著,都還是讓他跑了,何時跑了,睡在旁邊的媳婦都不知道(從前的人工作重,累了倒頭便睡），讓人難以置信。」那天，午覺就特地睡了個飽，到夜裡，不睡覺來個連夜守候。聽到兒子開門要走，就把他拉住，不准他走。結果門本來是栓好、鎖緊的，他根本沒把門打開人就溜掉了，無論如何都抓不到他。

聽說，我們陽人和陰人一起睡久了，氣色會變差，身體也會更虛弱。比起從前，這個年輕人的身體越來越不一樣了。後來家人到神壇那兒去問神明，神明說：「他給陰人纏身，要跟他談和，否則年輕人遲早會被他帶走。」可是，無論怎麼和，女鬼都不同意，表明就是要娶她才可以。

最後，不得不找大地主，「憑媒六禮」把她的香火娶回，大地主也非常好，以原禮（豐厚的聘金）給他們，還多補貼一些，讓他的女兒有個歸宿，不會當「老姑婆」。

李田螺

客語 李田螺

頭擺有個員外，佢有三個妹仔，大妹仔摎第二个妹仔都生到當靚，滿女[1]嗄[2]係一個花面鳥[3]。

妹仔大後，員外將大妹仔摎第二个妹仔嫁分有錢人。雖然第三个妹仔係花面鳥，員外還係想摎佢嫁分有錢人。不過第三个妹仔試著一儕人个福氣係天注定个，窮苦人个運氣到，無定天光日就會變豐湧，無定著要嫁分有錢人，員外聽了火屎熂天。臨尾[4]，佢聽到外背有人喊賣：「賣田螺！賣田螺！」佢喊賣田螺个人到屋下來，摎佢講：「你肯討吾妹仔作餔娘無？」賣田螺个人一聽，毋敢相信，呆忒[5]了。員外對第三个妹仔講：「你就嫁分該隻窮光卵。」第三个妹仔講：「嫁分窮光卵又仰般？」過後，佢就摎賣田螺个走了。

第三个妹仔到李田螺屋下，毋會試著自家係員外个妹仔就盡沙鼻，逐日都當煞猛做事。有一日，李田螺在拈田螺个時節，堵好堵到落大水，當多田螺畀打走，拈毋到田螺。落尾，看著一隻兔仔，就去捉佢，兔仔跳到山窿肚，佢乜跈等鑽入去。佢看著山窿肚項有一張桌

1 滿女：音 man´ ng`，稱謂，最小的女兒。

2 嗄：音 sa，卻、反而。

3 花面鳥：音 fa´mien diau´，麻花臉。

4 臨尾：音 limˇ mi´，後來。

5 呆忒：音 ngoiˇted`：傻住、呆住。

仔，頂背放等金金个東西，佢想愛摎東西拿轉屋个時節，有一個老人家突然間出現，問佢：「你係李門環無？該東西係李門環个。」佢講：「毋係，𠊎係李田螺。」老人家就講：「既然你毋係李門環，恁樣若个份單淨一垤。」講忒，佢就拿一垤金金个東西分李田螺。

李田螺轉到屋下，拿手項个東西問厥餔娘：「這係麼个？」厥餔娘一看，講：「這係金仔，係當值錢个東西。」後來厥餔娘降了一個細人仔，佢兜帶細人仔轉去員外屋下，請員外摎細人仔安名仔，不過細人仔一看著員外，就噭到無時恬。員外扐等細人仔行到門脣，敲門環撩[6]佢，細人仔聽到門環鐺鐺聲響就毋噭了，員外就講：「該就安到『李門環』！」

李田螺一聽到倈仔个名仔，想起早先个事，轉屋過後，馬上扐等細人仔到山窿肚拿轉一大箱个金仔，過後佢兜个生活過得當豐湧。

有一擺過年，李田螺準備轉屋拜望員外，佢在竹籮底肚放了一大堆金仔，面頂再過鋪淰田螺，就恁仔擐等竹籮去員外屋下拜年。員外个大婿郎、第二个婿郎看到李田螺就講：「唉唷！你轉來看丈人老，仰般還帶這又臭又垃圾[7]个東西？」李田螺毋插[8]佢兜，行入屋肚摎竹籮放下來。

大婿郎又挑挑[9]消遣[10]佢講：「吾屋下有一大坵田，𠊎種到膩胲[11]了，你愛个話，就賣分你！不過，你哪有恁多錢咧？」講忒，就笑到大嘛聲。

6　撩：音 liauˇ，逗弄。

7　垃圾：音 la` sab`，形容很髒的樣子。

8　毋插：音 mˇcab`，不理會。

9　挑挑：音 tiau´ tiau´，故意。

10　消遣：音 seu´ kien`，嘲笑戲弄。

11　膩胲：音 ne goi´，本意是指因油膩而生的反胃感，此處藉以誇耀自己田地寬廣，而種到膩了。

二姊丈乜講：「吾屋下有盡多个屋仔，倨看乜看到膩胲了，歇[12]乜歇到膩胲了，你愛个話，倨乜做得賣分你。」

李田螺聽了，行到竹籮脣，摎田螺掊開[13]，倒出一籮个金仔，對佢兜說：「這兜金仔買你這兜个地坪摎屋仔罅[14]無？」

大姊丈摎二姊丈一看，嚇到了！兩儕當後悔早先講个話，因為佢兜根本毋想賣該兜地坪、屋仔，毋過為著愛消遣李田螺正亂講个。

結果，李田螺就買下佢兜个地坪摎屋仔，伸个[15]黃金送分員外。

有一日，花面鳥妹仔要轉員外屋下，路項堵到一位老阿伯，厥腳項生了一個膿頭，行路不得。佢就摎佢撚[16]忒，毋想到膿汁洩[17]到佢滿面都係。轉到員外屋下洗面，厥个花面竟然毋見忒咧，變到當靚个細妹仔。當下，大姊、二姊堵好乜在員外屋下，看到老妹變亮線[18]了，就緊逐問係仰般回事？老妹就同佢講事情个經過。這時，門背[19]堵好有一個乞食仔路過，厥个腳項乜生了兩個膿頭，大姊、二姊就鬥緊[20]去摎乞食仔撚膿頭，將撚下來个囊汁抹到面項。洗忒面，無想著兩儕竟然變到花面鳥，就囥在間肚，毋敢出來見人了。

12 歇：音 hed，居住。

13 掊開：音 boi´ koi´，撥開。

14 罅：音 la，足夠。

15 伸个：音 cun´ ge：剩下的。

16 撚：音 ngien`，擠壓。

17 洩：音 xied，由液體或氣體排放、散出，引申為噴射之意。

18 亮線：音 lang xien，整齊、光亮美麗。

19 門背：音 munˇboi，門的後面。

20 鬥緊：音 deu gin`，趕緊。

華語 李田螺

從前有個員外，他有三個女兒，大女兒與二女兒都長得很漂亮，小女兒卻是個麻花臉。

女兒長大後，員外將大女兒與二女兒嫁給了大富翁。雖然三女兒是個麻花臉，員外仍想將她嫁給有錢人，可是三女兒認為一個人的福氣是天注定的，窮人運氣到，也許明天會成為富翁，不一定要嫁有錢人，員外聽完很生氣。後來，他聽見外面有人叫賣：「賣田螺！賣田螺！」他叫賣田螺的人到家裡來，跟他說：「你願意娶我女兒為妻嗎？」賣田螺的人一聽，不可置信的呆住了。員外對三女兒說：「你就嫁給那個窮光蛋。」三女兒說：「嫁給窮光蛋又怎麼樣？」於是，她就跟賣田螺的走了。

三女兒到李田螺家裡，並不自認為是員外的女兒就很驕傲，每天都很努力工作。有一天，李田螺在撿田螺時，剛好遇上下大雨，許多田螺被沖走，撿不到田螺。後來看到一隻兔子，就去抓牠，兔子跳進山洞裡，他也跟著鑽進去。他看到洞裡有一張桌子，上頭擺著閃閃發亮的東西，他想把東西拿回家時，有個老人突然現身，問他：「你是李門環嗎？那東西是屬於李門環的。」他說：「不是，我是李田螺。」老人家就說：「既然你不是李門環，那麼你的份只有一塊。」說完，他拿一塊發亮的東西給李田螺。

李田螺回到家，拿出東西問太太：「這是什麼？」三女兒一看，說：「是金子，是很值錢的東西。」後來三女兒生了孩子，他們帶孩子回員外家，請員外幫忙取名字，可是小孩一看到員外就哭個不停。員外抱著小孩走到門邊，扣門環逗弄他，小孩聽到門環鐺鐺聲響就不哭了，員外說：「那就取名為『李門環』吧！

李田螺一聽到兒子的名字，想起之前的事，回家後馬上抱著小孩到山洞裡拿回一大箱的金子，此後他們的生活過得很富裕。

有一次過年，李田螺準備回家探望員外，他在竹簍裡放了一大堆金子，上面鋪滿田螺，就這樣提著竹簍到員外家拜年。員外的大女婿、二女婿見到李田螺就說：「唉唷！你回來看岳父大人，怎麼還帶這又臭又髒的東西？」李田螺沒有理睬他們，進屋裡把竹簍放下。

大女婿又故意戲弄他說：「我家有一大片田地，我種都種膩了，你要的話，就賣給你吧！可是你哪有這麼多錢呢？」說完就哈哈大笑。

二姊夫也說：「我家裡有很多很多的房子，我看也看膩了，住也住膩了，你要的話，我也可以賣給你。」

李田螺聽完後，走到竹簍邊，撥開田螺，倒出一簍的金子，對他們說：「這些金子購買你們的土地和房子了吧？」

大姊夫和二姊夫一看，嚇呆了！兩人很後悔之前說的話，因為他們根本不想賣那些土地、房子，只是為了要取笑李田螺而亂講的。

結果，李田螺買下他們的土地和房子，並將剩餘的黃金送給員外。

有一天，麻花臉三女兒要回員外家，路上遇到一位老先生，他的腳上長了一個腫囊，寸步難行。她就幫他擠一擠，不料膿汁噴得她滿臉都是。回到員外家洗完臉，她的麻花臉竟然不見了，而變成很漂亮的女人。當時，大姊、二姊正好也在員外家，發現妹妹變漂亮了，就一直追問是怎麼回事？三女兒就告訴他們事情的經過。這時門外正好有一個乞丐路過，她的腳上也長了兩個腫囊，大姊、二姊就趕緊去幫乞丐擠囊汁，把擠下來的囊汁又塗抹在臉上。等洗完臉後，沒想到兩人竟然變成麻花臉，便躲在房間裡，再也不敢出來見人了。

十八代都窮的阿窮變阿富

客語 十八代都窮个阿窮變阿富

頭擺，有一儕人安到「阿窮」，十八代就恁窮。有一日，算命先生看到阿窮，怕運到了，同佢講：「欸！某人來，你安到麼介名？」佢講：「俚安到阿窮，俚十八代就恁窮。」算命先生講：「毋怕，你麼个日仔啊，記得拿擔竿、絡索[1]，一路緊行。行到暗了，你就愛歇宿。」

到了該日，阿窮就照等算命先生講个話做。有影哦！佢行到暗了，在一間青堂瓦舍[2]樓下歇宿。有一個千金小姐同厥愛人約好，幾多點愛用拍仔聲打記號。恁堵好，阿窮在樓下打蚊仔，拍聲仔！搭聲仔！千金小姐惗著厥愛人來了，朗聲仔！一籠銀就下來，等阿窮絡好來，朗聲仔！又加一頭金，絡好堵堵一擔，孩等就愛走了。千金小姐下來，毋敢喊又無電火，緊逐緊逐所爭[3]四五丈遠。細倈仔，孩東西走較慢，分千金小姐逐到。看到毋係厥愛人，高不將[4]，金仔恁多就分佢孩來吔！兩儕有緣份，千金小姐就摎佢共下去。

該下盲天光，阿窮有一個阿姊，當有錢，盡惱這個阿窮。阿窮摎錢銀孩到厥姊該講：「阿姊，阿姊，暗晡夜，妳這有好歇無？借俚歇。」阿姊有一間屋仔盡爽，毋過，歇人毋得，見歇个人就分毋知麼

1　絡索：音 log sog`，一頭有木鉤，可以纏套東西的繩子。

2　青堂瓦舍：音 qiang´ tong˘ nga` sa，指大房瓦舍、富有人家的房子。

3　所爭：音 so` zang´，相差、相距。

4　高不將：音 go´ bud` jiong´，不得已；不得不這樣。或作「高不而將」。

个食忒。阿姊想害厥老弟，就將該間屋仔分阿窮歇。

睡到星光半夜[5]，忽然間，阿窮聽到伯公講：「阿窮，你仰會恁久正來，伯公摎你掌[6]一盎金仔，在這隻屋角巷，你愛改[7]哈！」阿窮講：「別人个屋仔，偓毋敢改。」

會天光了，阿姊走去聽看有聲無？噯唷！無畀食忒。阿窮問厥姊：「阿姊，若這屋仔愛賣無？」阿姊講：「你有才調，有錢係無？係有錢，摎偓買，偓較便宜兜仔分你啦！」阿窮就摎屋仔買到來，斷真改到金仔。厥姊當毋甘願，又想愛打翻車[8]，摎屋仔買轉來，毋過，忒慢了！

華語 十八代都窮的阿窮變阿富

從前，有一個人叫做「阿窮」，他的十八代都非常窮。有一天，命理師看到阿窮，可能是他的好運來了，告訴他：「欸！某某人來，你叫做什麼名字？」他說：「我叫做阿窮，我十八代的祖先們都這麼窮。」算命先生說：「別怕，你某天記得拿著扁擔、繩索，朝某條路走。等走到天黑時，就在那裡找地方過夜。」

到了那天，阿窮就照著算命先生的話做。果真！阿窮走到天色暗了，就在該地一間富有人家的房子的樓下過夜。剛好有一位千金小姐約了情人在那樓下會面，以拍掌聲做見面的暗號。這麼湊巧，阿窮在樓下打蚊子，啪一聲！又再啪一聲！千金小姐以為是她情人來了，就

5 星光半夜：音 sen´ gong´ ban ia，即三更半夜。在客語中，本是「星光半夜」，後因受到影響才變成「三更半夜」，指的都是深夜時分。

6 掌：音 zong`，看管。

7 改：音 goi`，挖掘。

8 打翻車：音 da`fan´ca´，反悔，說話不算數。

放心地把一大簍的銀子從樓上放下來，等阿窮把那一大簍的銀子捆綁好，小姐又從樓上放一簍金子下來，阿窮把它捆綁好，剛好左右一擔，趕緊挑著銀子開溜。千金小姐下樓來，當時漆黑一片，也跟在阿窮的後面跑。本來相距四、五丈遠，但是因為阿窮挑著銀子，跑得比較慢，後來被小姐追上了。雖然發現不是她的情人，但是那麼多的銀子已經被他挑來了，莫可奈何，或許是緣分吧，就跟著阿窮走了。

阿窮有一個姊姊，非常富有，很不喜歡阿窮。當時天還沒亮，阿窮挑著錢就去找姐姐，他說：「姊姊，姊姊，今晚我可以在這裡借住嗎？」姊姊有一間房子很舒適，但是沒辦法住人，只要在那裡過夜就會被不知名的東西吃掉。姊姊想害弟弟，就叫阿窮去那間房子住。

睡到三更半夜，突然間，阿窮聽到土地公說：「阿窮，你怎麼會這麼久晚才來？我幫你看管一甕的金子就埋在房子（阿窮姊姊的那棟舒適房子）的這個角落，你要去把它挖出來！」阿窮說：「這是別人的房子，我不敢隨便挖。」

天快亮了，姊姊去聽看看阿窮還活著嗎？有沒有聲音？噯唷！沒有被吃掉。阿窮問姊姊：「姊姊，你這間房子賣不賣？」阿姊講：「你有那個本事嗎？你有錢是嗎？若有錢就向我買，我用比較便宜的價錢賣給你！」阿窮就把房子買下來，果真在屋子裡挖掘到金子。他的姊姊非常不甘願，想反悔把房子買回來，不過，為時已晚。

救蛇發財

客語 救蛇發財

頭擺，有一個楊姓人家，世世代代都摎一家姓黃个員外做長工。

有一年，到吔年三十，準備過年吔，這姓楊个還係在黃家無閒，屋家既經冷灶冷鑊，等佢帶都米轉去過年。厥餔娘從早晨等到臨暗仔，老公還盲轉。無辦法，就孩等一籮空米籮[1]，直接去黃家，要求黃老爺講：「吾个男仔人摎你做了一年長工，請你拿兜仔米分佢這兜過年好無？屋家還有老家娘摎細人仔，等等過日仔哩！」這黃員外一聽就火著[2]，大大聲咄啊去，講：「若老公賺仔著飯食就一好吔，還想愛拿米轉去，實在係『人心不足蛇吞象』，走！走！走！」無討著米，這兩公婆就孩等空米籮轉屋家。

路項，有兩條寒壞个蛇跔[3]到草堆，這兩公婆看到吔，就講：「你兩條蛇哥啊，寒壞吔哦？遽遽爬到吾米籮肚，佢孩你這兜轉屋家。」這兩條蛇像聽仔識人話，乖乖仔爬到米籮肚，一隻米籮爬一條蛇。

兩公婆孩等裝有蛇哥个米籮轉到屋家，既經[4]斷烏吔！一放下米籮，就將兩條蛇哥放到銅鑊肚，心肚恛：「在這哪仔都有孔个茅屋仔，單淨鑊仔肚正燒暖，正救仔著蛇哥个命。」放好以後，兩公婆就

---

1 米籮：音 mi` lo˘，一種大型的方底圓口竹器，用以挑運稻穀或稻米。

2 火著：音 fo` cog，生氣，如著了火一般。

3 跔：音 giu´，縮。

4 既經：音 gi gin´，已經。

餓等肚笥，上眠床睡目吔。

第二日朝晨，隔壁个老阿婆來借火煮飯，看著兩隻弇等蓋仔个鑊仔，就打開來看，一看嗄著驚[5]一下。因為佢看到一鑊黃金，一鑊白銀。這老阿婆仔伸手去拿，結果正拿到手項，這金銀就變到火炭[6]。佢就大嫲聲喊講：「你這兜還在該睡目啊？若鑊仔裡肚[7]全部係黃金摎白銀哩！」楊家公婆仰會相信？應講：「亂講話，鑊个項放个係蛇哥，哪有黃金摎白銀？」毋過，這倆公婆還係遽遽跕床，走到灶下看，看著鑊仔裡肚正經有淰淰个黃金摎白銀，暢到跳起來。

無幾久，這件事情就傳出去吔，大家都來看這兩鑊黃金摎白銀，有兜人還用手去拿，結果手項个金銀馬上變到火炭，單淨楊家兩公婆拿在手項，正係金錫錫[8]个金銀，漸漸仔，楊家个日仔好過，從今以後，就毋使愁食，毋使愁著吔！

華語 救蛇發財

從前，有一個楊姓人家，世世代代都在姓黃的員外家做長工。

有一年，到了除夕，準備過年了，姓楊的長工還是在黃家忙得團團轉，自己家裡已經冷灶冷鍋，等著他帶些米回去過年。他的妻子從早等到傍晚，丈夫還沒回來。莫可奈何，就挑著一籮空米籮，直接去黃家，要求黃員外說：「我的丈夫跟著你做了一年長工，請給我們一些米過年好嗎？家裡還有年老的婆婆與小孩，等著過日子呢！」這黃員外一聽勃然大怒，大聲喝斥回去，說：「你的老公賺得到飯吃就不

5　著驚：音 cog giang´，吃驚、受到驚嚇。

6　火炭：音 fo` tan，木炭。是一種將木材密閉於窯中，用火燜薰而成的燃料。

7　裡肚：音 di´ du`，裡面。

8　金錫錫：音 gim´ xiag` xiag`，閃亮亮。

錯了，還想要拿米回去，實在是『人心不足蛇吞象』，去！去！去！」要不到米，這兩夫妻只好挑著空米籮回家。

路上，發現兩條凍壞的蛇縮到草堆裡，這兩夫妻看到了，就說：「你們這兩條蛇啊，凍壞了哦？趕緊爬到我的米籮裡，我帶你們回家。」這兩條蛇彷彿聽得懂人話，乖乖地爬到米籮裡，一隻米籮爬一條蛇。

兩夫妻挑著有蛇的米籮回到家裡，已經天黑了！一放下米籮，就將兩條蛇放進銅鍋裡，心裡想著：「在這到處都有洞的茅屋裡，只剩鍋子裡才溫暖，才能救蛇的命。」放好之後，兩夫妻就餓著肚子，上床睡覺了。

第二天早晨，隔壁的老婆婆來借火燒飯，看到兩個蓋著蓋子的鍋子，就打開來看，一看卻嚇了一跳。因為她看到一鍋黃金，一鍋白銀。這老婆婆伸手去拿，結果才拿到手裡，金銀就變成木炭。她就大聲喊叫說：「你們兩個還在那裡睡覺啊？你們鍋子裡面全部都是黃金和白銀哩！」楊家夫妻怎麼會相信？應說：「亂說話，鍋子裡放的是蛇，哪有黃金和白銀？」不過，這倆夫妻還是馬上起床，跑到廚房裡看，看到鍋子裡面真的有滿滿的黃金和白銀，開心到跳起來。

沒多久，這件事情就傳出去了，大家都來看這兩鍋黃金和白銀，有些人還用手去拿，結果手裡的金銀馬上變成木炭，僅僅楊家兩夫妻拿在手裡，才是閃亮亮的金銀。漸漸的，楊家的生活好轉，從今以後，也不再愁吃穿了！

烏龜傳代

客語 龜仔傳代

頭擺，有一個員外，佢盡誠心服侍呂洞賓，無過年老哩，盲有倈仔。

呂洞賓就代佢抱不平，就去查生死簿，簿冊項註等：「某員外命該無嗣。」呂洞賓心中不服，行到渡口，看到三十六儕人渡船過河，呂洞賓就用仙扇一撥，忽然間狂風大作，船仔貶忒[1]，全部人都浸死吔。」呂洞賓又去查生死簿，冊簿項註明：「某年某月某日，三十六人同過河，逢著呂洞賓一扇風。」呂洞賓看啊著，感覺當奇怪。因為員外求子十分心急，呂洞賓就吩咐烏龜精去投胎轉世。產期到哩，就降了一隻龜仔。員外夫妻兩人當失望，就將龜仔擲到後花園項去。

過吔十六年，龜仔行到厥母面前，同厥母講：「偃既經成人長大，愛討餔娘分偃！」厥母感覺著一奇怪，就拜託媒人去尋。媒人知著有一個有錢人个屋家有隻細妹仔，盲識出嫁，就紹介佢做心臼。

細妹仔个阿爸知著員外个事，本旦毋肯同佢結親，又毋方便拒絕佢，就出一個難題來刁難，佢對員外講：「你係肯出一盤珍珠做聘金，吾妹仔就嫁分你。」員外个餔娘聽著，認為係一件大難題，無法度做到，就講分龜仔聽。龜仔講：「毋使愁，偃來處理。」過吔幾日，龜仔就運來一盤珍珠交分厥姆。厥姆就託媒人交分女家，女家个

1　貶忒：音 bien`ted，翻覆。

阿爸、阿姆無奈何，就將妹仔嫁分員外做心臼。

結婚个暗晡，龜仔就鑽入新娘間肚，脫開厥殼，變作一位公子摎細妹仔同房。員外夫人在門縫項偷看，看到龜仔變作人身，就將厥殼拈起來放到箱仔肚。年過以後，厥心臼有身項，員外夫人當暢！十月過後，就降下一隻孫仔。

有一日，龜精對厥姆講：「吾个殼放吔恁久，驚怕生蟲，愛拿出來日頭下曬曬阿咧正好！」厥母就信厥話，拿出去日頭下曬。盲知，龜精就藉這機會鑽入殼肚項去，忽然間就毋見忒咧！

夫人因為得著孫仔吔，毋驚絕種，龜仔雖然毋見，乜無再過問吔。

華語 烏龜傳代

從前，有一個員外，非常誠心服侍呂洞賓，不過年老了，還沒有兒子。

呂洞賓非常為他抱不平，就去查生死簿，生死簿上記著：「某員外命該無嗣。」呂洞賓心中不服，走到渡口，看到三十六個人渡船過河，呂洞賓就用仙扇一撥，忽然間狂風大作，船翻了，所有人都淹死了。」呂洞賓又去查生死簿，生死簿上註明：「某年某月某日，三十六人一起過河，遇到呂洞賓一扇風。」呂洞賓看到，感覺相當奇怪。因為員外求子十分心急，呂洞賓就囑咐烏龜精去投胎轉世。產期到了，夫人生下一隻烏龜。員外夫妻兩人相當失望，就將烏龜丟到後花園去。

過了十六年，烏龜走到他母親面前，跟她說：「我已經長大成人，要幫我娶媳婦了！」他母親覺得很神奇，便拜託媒人去尋親。媒人知道有一個有錢人家有個女兒，還沒出嫁，就介紹給他當媳婦。

女孩的爸爸知道員外的事，原本不肯和他結親，又不方便拒絕他，就出了一個難題來刁難，他對員外說：「你若肯出一盤珍珠做聘金，我女兒就嫁給你。」員外夫人聽完，認為是一件大難題，無法做到，就說給烏龜聽。烏龜說：「不用擔心，我來處理。」過了幾天，烏龜運來一盤珍珠交給他母親。他母親就託媒人交給女方家，女方家的爸爸、媽媽莫可奈何，只好將女兒嫁給員外當媳婦。

結婚當晚，烏龜鑽入新娘房裡，脫下殼，變作一位公子與妻子圓房。員外夫人在門縫裡偷看，看到烏龜變作人身，就將他的殼撿起來放進箱子裡。過完年，他的媳婦有了身孕，員外夫人非常歡喜！十月過後，就為他們生下了一個孫子。

有一天，烏龜精對他母親說：「我的殼放了這麼久，恐怕會生蟲，要拿出來陽光下曬一曬才好！」母親信了他的話，拿出來到太陽下曬，豈知烏龜精就藉這機會鑽進殼裡去，忽然間就消失不見了！

員外夫人因已經得到孫子了，不怕絕種，雖然烏龜不見了，也不再過問了。

問佛祖

客語 問佛祖

頭擺，有一個姓陳个當有錢，厥姆過身了，伸兩子爺。逐擺有人愛鋪橋造路，都會來同佢募款，連別莊个人都做下來同佢收。收到見尾，伸一間屋仔，就拿來賣忒。厥倈仔揹等錢，愛去西方求佛祖，偲陳屋人世世代代做善事，做麼會恁冤枉，伸到兩子爺。這下阿爸又過身了，伸佢自家，故所愛去西方問清楚。

行到半路，堵到山賊，同佢搶淨淨，又摎佢打到半生死，在該路項。恁堵好，有一个姓劉个細妹仔，二十歲了還毋會講話，做下啞狗。厥屋家也係專門做善事个好額人家，滿哪人愛鋪橋造路就會去同這家屋收。堵好，啞狗妹這日去田項做事，看到有人横[1]到路項，喔喔滾[2]：「仰會有一儕人横到這片啊？」到尾，就同佢救轉屋家。煮一息仔燒茶分佢食，就摎佢救轉來咧。

醒了以後，就講自家个事分劉阿伯聽：「吾爸長透做善事，做到這下吾幾多田地總下賣賣忒咧，剩一間屋仔。倨愛來去西方求佛祖，做麼倨兜做善事做到恁樣還無結尾？」劉阿伯聽了講：「倨乜摎你共樣，總下做善事，正降到一個妹仔又係啞狗，厥母又過身了。啊無倨搭你好哪，搭你去西方同倨問佛祖看哪。」講忒，就寫厥名姓分佢。到尾就講好，就去了。

1 横：音 vang，倒。

2 喔喔滾：音 o o gun` 瘖啞人發出的鼻音。

行到一條河壩脣，無橋好過。有一條渡人過河个青龍泅過來，講：「倨在這渡人過二十年，在這水肚受苦二十年，一息仔結果都無。這下你愛過，倨愛摎你食忒！」佢講：「恁呢啦！你愛食倨，倨乜毋驚，等倨倒轉來正來吓[3]！因為有人搭倨去西方問佛祖，做麼佢兜做恁多善事，倨乜做善事，做到二十年嗄無結果。故所講，倨愛來去西方問該佛祖。」青龍聽到，佢乜感動講：「啊無好啦，倨過渡你過這。倨乜順續搭你問，仰會倨在這渡人渡二十年，到今還無結果？還在這方受苦。講愛分倨上天庭，也無上去。」佢就講：「好。」

該龍分佢渡過去，就直直行。行到西方，哪就暗摸叮咚[4]，無半項喔。佢想：「這愛喊倨仰仔行？」一行落去，「隆[5]～」下落去，歸個天就光～光光，一尊金金个佛祖就在該面頭前。佢一看到就跪下來，講：「佛祖啊，倨今晡日來想愛問你，倨幾多代人都做善事，田地賣淨淨，到今無結果，還冤枉[6]啊！該劉家又來搭倨，佢乜做善事，做到二十年乜無結果，降一個妹仔又啞狗。還有一尾龍，渡人渡到二十年，還在水肚受苦無結果。做下搭倨問你，看佛祖你今晡日愛仰般同倨安排喔？」

佛祖講：「恁呢，好啦！你今晡日轉去，同該尾龍講，佢善事做到這下滿咧，佢有好上天庭咧；你這下轉去，若餔娘便便，會講話咧，這啞狗就係你餔娘，你一轉去，佢就會來接你，你就係厥老公；你同該劉家阿伯講，厥屋家夥房，一片鐵樹，一片錢樹。你這下轉去，鐵樹開花，錢樹開花，你同若丈人老講，這鐵樹並錢樹，一改[7]開底背，一片就若財產，所有你做善事个財產，加幾多倍出來；這片

3　吓：音 ha`，多用於祈使句，用以加強語氣。

4　暗摸叮咚：音 am mo´ din ˇ dung ˇ，天色或環境暗得看不見的樣子。形容漆黑一片。

5　隆：音 lung ˇ，狀聲詞。

6　冤枉：音 ien´ vong`，形容白白浪費，無實質效益。

7　改：音 goi`，用鋤頭鬆土、挖掘。

向啊，就係劉家做善事个錢，加幾多十倍出來。你兩家善家合到一家，做下就圓滿起來。」

轉到河壩脣，堵到該條龍，就問佢：「你有同厓問嗎？」

佢講：「有。」

龍就講：「遽遽講分厓聽。」

佢講：「無愛，先載厓過正講，莫厓講忒，你就無法度載厓了。」

該條龍就載佢過，佢講：「佛祖講：『你做个善事已經期滿，做得上天庭了！』」講忒，該條龍就直直飛到天庭去吔。

又過行，堵到劉家个妹仔，一看到佢，就同厥爸講：「阿爸！阿爸！吾老公轉來哩喲！」厥爸試著當奇怪，講：「唉唷？做麼毋曉講話个人會講厥老公轉來？」過一下仔，佢轉來个時，就將佛祖交代个話，做下講畀聽。佢將該兩頭个錢樹、鐵樹改開來，所有个財產總下在還倍佢。背尾，兩家就結親，共下做善事家咧。

華語 問佛祖

從前，有一個姓陳的很有錢，母親去世了，只剩下父子兩個。每逢有人要鋪橋造路，都會來向他募捐，連別莊的人都來向他勸募。到最後，他的田地、財產都變賣光了，只剩一棟房子，後來把房子賣了。兒子就背著錢，要去西方求佛祖，我們陳家人世世代代做善事，為什麼會這麼可憐？只剩兩父子。現在爸爸又過世了，剩下他自己，所以想到西方去問清楚。

走到半路，遇到山賊，將他搶個精光，又把他打得半死，暈倒在路上。恰好好，有個姓劉的女孩，二十歲了還不會講話，從出生起就是個啞巴。他們家也是專門做善事的有錢人家，凡是哪裡要鋪橋造路，都會去跟他們家募捐。正好，啞巴妹這天去田裡工作，看到有人倒在路上，啞、啞地叫著：「怎麼會有一人倒在這裡啊？」於是，就把他救回去家裡。煮了一些熱茶給他喝，把他救醒了。

醒了以後，他就把自己的遭遇說給劉老伯聽：「我父親長久以來都在做善事，因此全部的財產、田地都變賣精光了，只剩一間房子。所以我將房子賣了，要去西方請問佛祖，為了什麼我們做了這麼多的善事，到頭來卻得不到善果呢？」劉老伯聽了說：「我也跟你一樣，做了不少善事，但只生了一個女兒，又是個啞巴，她母親又過世了。要不然我託你到西方去幫我問問佛祖，到底是怎麼回事？」說完，就將姓名寫給他，他也答應了，就啟程離去。

他走到一條河邊，河上無橋可走。有一條渡人過橋的青龍游過來，說：「我在這裡渡人過二十年，在這水裡受苦二十年，連一點善果都沒有。現在你要過河，我要把你吃掉！」他講：「這樣吧！你要吃我，我也不怕，可是要等我回來才可以！因為有人託佢去西方問佛祖，為什麼做了這麼多善事，我也做善事，做了二十年卻沒有得到善果。所以，我受託要去西方找佛祖，問個明白。」青龍聽到，也很感動說：「不然這樣吧，我渡你過河去。我也順便託你問佛祖，為什麼我在在這裡渡人過河渡了二十年，至今還沒有善果？還在這裡受苦。說要給我上天庭，也沒有實現。」他就接受龍的請託，說：「好。」

龍就為他渡河，繼續前行。走到西方，到處一片漆黑，什麼都看不見。他心想：「這叫我怎麼走呢？」一走下去，只聽得「隆～」的一聲，整個天空就都亮了起來，一尊金光閃閃的佛祖就在眼前。他一見，就跪下去，說：「佛祖啊，我今天來想要問你，我們家世世代代都做善事，連田地都賣光了，可是到今天也沒有得到善果，真可憐啊！那劉家也是積善之家，二十年來也沒有善果，生了一個女兒又是啞巴。還有一條龍，在河裡渡人過河，已經二十年，還在水中受苦，不得善果。他們都請託我來問你，看佛祖你今天要怎麼替我們安排啊？」

佛祖說：「這樣子啊，好吧！你今天回去跟那條龍說，他的善事做到現在期滿了，他可以上天庭了；你現在回去，就有老婆了，那啞巴就是你的太太；你一回去，她就會把你當作丈夫來迎接你；你跟那劉老伯說，他家四合院，一邊是鐵樹，一邊是錢樹。你一轉去，鐵樹開花，錢樹開花，你向你岳父說，這兩棵樹下一掘開，一邊是比你家做善事花費的錢多了好幾倍的財產在底下；另一邊就是比劉家用掉更多的財產在底下，你們兩家結成一家親，就全部都圓滿了！」

回到河邊，遇到那條龍，就問他：「你有幫我問嗎？」

他說：「有。」

龍說：「趕緊說來聽聽。」

他說：「還不行，先過河再說，免得我講完，你就無法載我了。」

那條龍就載他渡河，他說：「佛祖說：『你做的善事已經期滿，可以上天庭了！』」說完，那條龍就直奔天庭，飛升而去。

繼續前行，遇見劉家的啞巴女兒，一看到他，就跟她爸爸說：「爸爸！爸爸！我老公回來囉！」她爸爸覺得很驚奇，說：「唉呀！怎麼不會說話的人，會說她老公回來了呢？」過了一會兒，他走進家門，就把佛祖交代的話，一五一十說給他聽，也將那兩棵樹掘開，取出底下的錢財，他們所有花費的財產，都加倍償還了！最後，兩家結成一家親，一起成為積善之家。

錢鬼作怪

客語 錢鬼作怪

頭擺，有一儕人，從後生就耕種，專門種菜來賣，賣个錢在該眠床下放等，用一個盎仔[1]裝等。

到七十零歲个時節，錢嗄飛走去咧。佢發夢著[2]錢銀會講話，同佢講：「僱分你關七十零年，僱愛來去走咧，僱來去黃古該。」

天光朝晨去看，喲！錢銀嗄無半點[3]！黃古戴哪位[4]？佢根本無知，滿哪仔去尋該黃古。尋著成年[5]个時節，分佢問著該黃古，錢在厥屋家，佢講：「黃古就係你無？」

「係。」

「吾一兜錢講愛來若屋家。」

黃古還毋知，錢在厥屋家，就去尋，正分佢尋著。尋著个時節，黃古講：「係若个錢還你！」

佢無愛[6]，佢講：「該毋係吾个，吾个錢會飛若屋家去，再過拿轉來，佢乜會飛忒。」仰仔講佢都無愛。

黃古分佢兩个銀做所費！佢用衫袋袋等，轉到路項，又毋見忒咧。

1　盎仔：音 ang´e`，瓶子。
2　發夢著：音 bod`mong do`，夢到。
3　無半點：音 moˇban diam`，一點都沒有。
4　戴哪位：音 dai nai vi：住哪兒。
5　成年：音 sangˇ ngienˇ，一年左右。
6　無愛：音 moˇoi：不要。

佢倒轉去看，講：「你頭先[7]拿兩个銀分偃，偃有袋落去，仰會無在咧？」

黃古講：「仰會無在？你走个時節，跌該門檻下，偃拈起來吔！」

連兩个銀都得毋著。後來，黃古再過愛拿分佢，佢就拒絕講：「該毋係吾个，就毋係吾个。」

華語 錢鬼作怪

從前，有一個人，從年輕就從事耕田種菜，賣菜維生，賣菜的錢都放在床鋪底下，用一個瓶子裝著。

到了七十多歲的時候，錢卻不翼而飛。他做了個夢，夢見錢跟他說話，錢說：「我被你關了七十多年，我要走了，我去黃古那邊。」

第二天早晨去看，喲！錢都不見了！黃古到底住在哪裡？他根本不知道，於是到處去尋找那個黃古。找了一年的時間，終於讓他給找到了，錢就在他家裡，他說：「黃古就是你嗎？」

「是。」

「我有一些錢，說要到你家。」

黃古還不知道是怎麼回事，便去找，果然找到了錢。正分佢尋著。黃古說：「錢是你的，還你吧！」

他不收，說：「那不是我的，我的錢會飛到你家，就是拿回來，它還是會飛走。」再怎麼說他都不要拿回那些錢。

黃古就給他兩塊錢好在路上花用，他把錢放進口袋裡，回家路上發現又不見了，於是他就掉頭回去，說：「剛才你給我的兩塊錢，我有放在口袋裡，怎麼又不見呢？」

7　頭先：音 teuˇ xien´，方才、剛剛。

黃古說：「怎會不見？你走的時候，錢掉在門檻下，我撿起來了！」

連兩塊錢都得不到。後來，黃古又要再拿錢給他，他就拒絕說：「那不是我的，終究不屬於我的。」

參考文獻

一　專書

（一）民間故事採錄

謝樹新：《中原文化叢書（一～六）》，苗栗：中原苗友雜誌社，1965年2月～1976年9月。

周青樺：《台灣客家俗文學》，臺北：東方文化書局，1971年。

鍾壬壽：《六堆客家鄉土誌》，屏東：常青出版社，1973年9月。

楊時逢：《台灣桃園客家方言》，臺北：中央研究院歷史語言研究所，1992年12月。

胡萬川主編：《東勢鎮客語故事集（一）》，豐原：臺中縣立文化中心，1994年3月。

胡萬川主編：《東勢鎮客語故事集（二）》，豐原：臺中縣立文化中心，1994年10月。

胡萬川主編：《東勢鎮客語故事集（三）》，豐原：臺中縣立文化中心，1996年2月。

羅慶武：《客家典故與笑談》，自印在新竹關西發行，1996年2月。

胡萬川主編：《東勢鎮客語故事集（四）》，豐原：臺中縣立文化中心，1998年7月。

羅肇錦、胡萬川總編：《苗栗縣客語故事集（一）》，苗栗：苗栗縣立文化中心，1998年6月。

羅肇錦、胡萬川總編：《苗栗縣客語故事集（二）》，苗栗：苗栗縣立文化中心，1999年6月。

胡萬川主編：《東勢鎮客語故事集（五）》，豐原：臺中縣立文化中心，1999年8月。

徐運德：《客話講古三百首》，桃園：達璟文化公司，1999年12月。

金榮華：《台灣桃竹苗地區民間故事》，臺北：口傳文學會，2000年11月。

胡萬川：《龍潭鄉客語故事集（一）》，桃園：桃園縣文化局，2000年12月。

胡萬川主編：《東勢鎮客語故事集（六）》，豐原：臺中縣立文化中心，2001年4月。

廖金明：《客家地方鄉土文學研究》，屏東：六堆風雲雜誌社，2001年6月。

曾彩金：《六堆客家社會文化發展與變遷之研究（藝文篇上）》，屏東：六堆文化教育基金會，2001年11月。

羅肇錦、胡萬川總編：《苗栗縣客語故事集（三）》，苗栗：苗栗縣立文化中心，2002年12月。

胡萬川主編：《東勢鎮客語故事集（七）》，豐原：臺中縣立文化中心，2003年6月。

胡萬川：《楊梅鎮客語故事（一）》，桃園：桃園縣文化局，2003年12月。

胡萬川：《新屋鄉客語故事（一）》，桃園：桃園縣文化局，2003年12月。

姜信淇、吳聲淼：《客家傳說故事（一）》，竹北：新竹縣政府，2004年1月。

新竹縣九讚頭文化協會：《橫山鄉客家故事》，新竹：橫山鄉公所，2004年。

姜信淇、吳聲淼：《客家傳說故事（二）》，新竹：新竹社會教育館，2004年9月。

陳麗娜：《屏東後堆客家民間故事》，臺北：中國口傳文學學會，2006年6月。

胡萬川：《龍潭鄉廖德添客語專輯（一）》，桃園：桃園縣文化局，2006年11月。

胡萬川：《龍潭鄉廖德添客語專輯（二）》，桃園：桃園縣文化局，2006年11月。

劉惠萍、范姜灴欽：《花蓮客家民間文學集》，花蓮：花蓮縣文化局，2009年5月。

江俊龍：《新編臺中東勢客語故事（一）》，臺中：文學街出版社，2011年8月。

江俊龍：《新編臺中東勢客語故事（二）》，臺中：文學街出版社，2012年9月。

（二）文學理論

閆廣林：《喜劇創造論》，上海：社會科學出版社，1992年7月。

陳　克：《幽默與邏輯》，北京：中國人民出版社，1993年1月。

沈　謙：《修辭學》，臺北：國立空中大學，1995年1月。

譚達人：《幽默與言語幽默》，北京：生活．讀書．新知三聯書店，1997年8月。

李惠芳：《中國民間文學》，武漢：武漢大學出版社，1999年8月。

萬建中：《民間文學引論》，北京：北京大學出版社，2006年7月。

劉守華：《故事學綱要（修訂版）》，武昌：華中師範大學出版社，2006年9月。

林淑貞：《寓莊於諧：明清笑話型寓言論詮》，臺北：里仁書局，2006年9月。

祁連休：《中國古代民間故事類型研究（卷上）》，石家莊：河北教育出版社，2007年2月。

〔奧〕佛洛伊德（Sigmund Freud）著，彭舜、楊韶剛譯：《詼諧與潛意識的關係》，臺北：胡桃木文化，2007年2月。

胡萬川：《臺灣民間故事類型（含母題索引）》，臺北：里仁書局，2008年11月。

段寶林：《中國民間文學概要（第四版）》，北京：北京大學出版社，2009年4月。

鍾敬文主編：《民間文學概論（第二版）》，北京：高等教育出版社，2009年12月。

黃慶萱：《修辭學》，臺北：三民書局，2010年1月。

萬建中主編：《新編民間文學概論》，上海：上海文藝出版社，2011年5月。

王　娟：《民俗學概論（第二版》，北京：北京大學出版社，2011年6月。

段寶林主編：《民間文學教程（第二版）》，北京：高等教育出版社，2017年12月重印。

二　期刊論文

張莉涓：〈臺灣客家喜感故事中的「機智巧女」〉，《東海大學圖書館館刊》第10期（2016年10月）。

張莉涓：〈臺灣客家喜感故事的藝術特色〉，《東海大學圖書館館刊》第55期（2021年1月）。

三　網站資料

教育部臺灣客家語常用詞辭典　https://hakkadict.moe.edu.tw/cgi-bin/gs32/gsweb.cgi/ccd=Xv8uvI/webmge?

新編客家語六腔辭典 https://newhakkadict.moe.edu.tw/cgi-bin/gs32/gsweb.cgi/login?o=dwebmge

文化生活叢書・藝文采風 1306042

臺灣客家民間喜感故事精編

編 著 者　張莉涓
責任編輯　林婉菁

發 行 人　林慶彰
總 經 理　梁錦興
總 編 輯　張晏瑞
編 輯 所　萬卷樓圖書股份有限公司
臺北市羅斯福路二段 41 號 6 樓之 3
電話 (02)23216565
傳真 (02)23218698

發　　行　萬卷樓圖書股份有限公司
臺北市羅斯福路二段 41 號 6 樓之 3
電話 (02)23216565
傳真 (02)23218698
電郵 SERVICE@WANJUAN.COM.TW
香港經銷　香港聯合書刊物流有限公司
電話 (852)21502100
傳真 (852)23560735

ISBN 978-986-478-829-3
2023 年 8 月初版
定價：新臺幣 340 元

本書獲「財團法人客家公共傳播基金會 112 年度客家普及著作出版」補助

如何購買本書：
1. 劃撥購書，請透過以下郵政劃撥帳號：
帳號：15624015
戶名：萬卷樓圖書股份有限公司
2. 轉帳購書，請透過以下帳戶
合作金庫銀行　古亭分行
戶名：萬卷樓圖書股份有限公司
帳號：0877717092596
3. 網路購書，請透過萬卷樓網站
網址　WWW.WANJUAN.COM.TW
大量購書，請直接聯繫我們，將有專人為您服務。客服：(02)23216565　分機 610

國家圖書館出版品預行編目資料

臺灣客家民間喜感故事精編 / 張莉涓編著. -- 初版. -- 臺北市 : 萬卷樓圖書股份有限公司, 2023.08
面 ;　公分. -- (文化生活叢書. 藝文采風 ; 1306042)
客語、華語對照
ISBN 978-986-478-829-3(平裝)
863.758　　112005355